Claire d'Albe

Texts and Translations

The Texts and Translations series was founded in 1991 to provide students and teachers with important texts not readily available or not available at an affordable price and in high-quality translations. The books in the series are intended for students in upper-level undergraduate and graduate courses in national literatures in languages other than English, comparative literature, ethnic studies, area studies, translation studies, women's studies, and gender studies. The Texts and Translations series is overseen by an editorial board composed of specialists in several national literatures and in translation studies.

For a complete listing of titles, see the last pages of this book.

SOPHIE COTTIN

Claire d'Albe
The Original French Text

Edited by Margaret Cohen

The Modern Language Association of America
New York   2002

For information about obtaining permission to reprint material from
MLA book publications, send your request by mail (see address below),
e-mail (permissions@mla.org), or fax (646 458-0030).

Library of Congress Cataloging-in-Publication Data

Cottin, Madame (Sophie), 1770-1807.
Claire d'Albe : the original French text / Sophie Cottin ; edited by
Margaret Cohen.
p. cm. — (Texts and translations. Texts ISSN 1079-252X ; 13)
Includes bibliographical references.
French and English.
ISBN 0-87352-925-1 (pbk.)
I. Cohen, Margaret, 1958- II. Title. III. Series.

PQ2211.C412 C55 2002
843'.6—dc21   2002026547

Cover illustration: *Rubber Passion Rose (Bustier)*, by Nancy
Davenport, 1992. © Nancy Davenport. Courtesy of the
artist and Nicole Klagsbrun Gallery

Published by The Modern Language Association of America
26 Broadway, New York, New York 10004-1789
www.mla.org

TABLE OF CONTENTS

INTRODUCTION

Sophie Cottin initially published *Claire d'Albe* (1799) as an anonymous work of genteel charity intended to raise money for "un malheureux [qui] souffre."[1] But contemporaries immediately recognized the audacity of this first novel by a literary unknown, which caught their imagination for the moral ambiguity surrounding its portrayal of adultery. *Claire d'Albe* tells the story of a virtuous and sensitive protagonist, Claire, married to an authoritarian though upright man chosen by her father. She awakens to the possibility of personal fulfillment when M. d'Albe takes into his home his passionate young relative, Frédéric. Does Claire and Frédéric's love realize the happiness that the novel recognizes as every person's ethical due? But how can such happiness be sanctioned when it betrays social responsibilities, even if, like Claire's marriage, they are onerous and externally imposed? Rather than resolve this dilemma, Cottin's novel repeats it with increasing intensity until its flamboyant denouement, which contains what may well be the first depiction of female orgasm in polite fiction, swiftly followed by the heroine's death to expiate "the 'divine' pleasure she takes in adulterous love" (Stewart 182). Was Cottin the writer "qui décrivait avec le plus de chaleur le bonheur de deux amants dans toute son étendue," to quote the view of the prominent postrevolutionary political theorist Benjamin Constant?[2] Or was *Claire d'Albe* "le premier roman dans *le genre passionné* [...] d'une immoralité révoltante, le premier roman où l'on ait représenté l'amour délirant, furieux et féroce, et une heroïne vertueuse, religieuse, angélique, et se livrant sans mesure et sans pudeur à tous les emportements d'un amour effréné et criminel," as was the opinion of another important early nineteenth-century novelist, Stéphanie de Genlis (241)?

No aspect of Cottin's upbringing presaged her ability to draft a work that would elicit such controversy. Cottin was born Sophie Risteau in 1770, daughter of a Protestant family from Bordeaux that made a fortune in colonial shipping. She was raised in upper-middle-class domesticity, and while there is no evidence she received any formal education, she kept a lively correspondence from her adolescence that documents her readings in a range of fictional and nonfictional genres, including the novel from its epic prehistory to her present, literary criticism, history, religion, moral writings, and political theory.[3] Throughout Cottin's life, her favorite correspondent was a beloved cousin named Julie. When Cottin's father likened the intimacy between Sophie and Julie to the relationship between the cousins Julie and Claire in Rousseau's *La nouvelle Héloïse*, Cottin declared the comparison "flatteuse, mais pourtant vraie."[4]

Unlike her Rousseauvian model, Cottin married for love, and in May 1789 her relationship with the wealthy, witty young Parisian banker Jean-Paul-Marie Cottin augured every chance of happiness. But with the fall of the Bastille just two months later, her personal fortunes were swept up in the Revolution. Her husband favored a constitutional regime, and as revolutionary politics grew more polarized, the Cottins were among the many who immigrated to England. They spent the years 1791–93 traveling between France, England, and Spain, torn between concerns over personal safety and the desire to protect their property in France. Such displacement affected Jean-Paul-Marie's already fragile health, and Cottin's world collapsed in 1793–94. During this time, first her husband and then her mother died, most of her fortune was lost, and she was exiled from Paris by the Terror. Describing her soul as darker than "la nuit la plus noire," she retired to a country house she barely managed to purchase, sustained by the hope of helping her cousin Julie educate her two daughters.[5] As Cottin's spirits improved, Cottin envisioned her residence as "le temple... des arts et de la liberté."[6]

From her letters we can see she was already skilled at describing the finest nuances of psychic life; the small, telling details of domestic settings; and the mesh between interiority and atmospheric mood. During her retreat, she turned her flexible and perceptive pen to verse and short prose, then a novel in 1797. When *Claire d'Albe* was published, she had already started the novels *Malvina* (to appear in 1801) and *Amélie Mansfield* (1803), followed by *Mathilde, ou Mémoires tirés de l'histoire des croisades* (1805); *Elisabeth, ou Les exilés de Sibérie* (1806); and the prose poem *La prise de Jéricho* (1803). Cottin was at work on *Mélanie*, a novel set in the court of François I, when she died from breast cancer at the age of thirty-seven in 1807. Although she disdained worldly pleasures, contemporaries portray her as attracting company with her sensitive, melancholy charm. After her husband's death, she had intense, erotically charged friendships with several men, but she never remarried. She told one suitor she was unable to bear children. Until her death, however, she acted as a second mother to Julie's children, and questions of education interested her keenly.

In the first three decades of the nineteenth century, Cottin was one of France's preeminent novelists, placed by critics, along with Germaine de Staël, Stéphanie de Genlis, and Adélaïde de Souza, in a small pantheon of women "qui figurent avec le plus de distinction parmi les romanciers modernes" (Chénier 227). During these years, her novels were immensely popular as well as critically acclaimed. In the period 1816–20, *Claire d'Albe* was in fact *the* best-selling novel in France, followed closely by her *Elisabeth*.[7] Cottin's novels were also celebrated in a transatlantic republic of letters where they were read both in the French original and rendered into the major languages of Europe, often several times over.[8] The most frequently translated of Cottin's works was *Elisabeth*, whose touching portrayal of a daughter enduring the hardships of a Siberian winter to save her exiled father inspired theatrical melodramas, operas, and novels both at home and abroad. Dramatists, composers, and novelists also reworked *Mathilde*, Cottin's novel portraying the tragic love between Mathilde, sister of Richard the Lion-hearted, and Malek-Adhel, brother of the Saracen king

Saladin, set against the backdrop of the Christian-Islamic struggle for Jerusalem. So appealing did contemporaries find the beautiful Mathilde and the valiant Malek-Adhel, along with the pious Elisabeth, that dramatic scenes from these works adorned engravings, wallpaper, porcelain, tapestries, and clocks. Cottin's characters took their place next to Richardson's Pamela, Saint-Pierre's Paul and Virginie, and Chateaubriand's Atala in the decorative pantheon of early French mass culture.

In 1817, Lady Sydney Morgan, one of the founders of the modern Irish novel, declared that Cottin's "name is never pronounced but with eyes that glisten, and that melt," adding in a note that "Madame Cottin was one of the most popular writers in France. She united all suffrages in her favor" (269, 270n). To cry while reading a work was to bear witness to its excellence as sentimental fiction, a poetic form that played a major role in the novel's modern development.[9] Sentimental novels take shape around the story of a protagonist's suffering that elicits the reader's sympathy. The form favors techniques that heighten the charged emotional relationship between protagonist and reader by reducing the distance between them. Sentimental novels, are, for example, often narrated as first-person memoirs that join reader and protagonist in an I-you intimacy. Journals and letters, in particular, lessen the distance between the events of the plot and the reader's discovery of them, creating the sense of urgency that characterizes action in the process of unfolding.

Claire d'Albe consists of a series of private letters from Claire to her absent confidante, Elise, that reveal the turmoil of Claire's passion as it takes shape. Through these letters, we share Claire's mixed response to Frédéric's youth, enthusiasm, and refreshing though somewhat raw frankness; infer her love in her slowly dawning awareness of Frédéric's passion; and identify more and more with her dilemma by turning our ingenuity to puzzle out, as Claire does, how she can at once achieve happiness and maintain her family responsibilities. Once our sympathy for Claire is established, Cottin adds the voices of Claire's lover as well as of Elise, who narrates action beyond Claire's knowledge, notably M. d'Albe's reaction to his wife's illicit passion.

Taken together, these perspectives intensify our fear of the novel's tragic outcome, for both Frédéric and M. d'Albe see Claire's dilemma in a one-sided fashion that admits of no compromise. Frédéric pleads for love and personal fulfillment in fervent prose that makes evident his disdain of social conventions. In symmetrical but opposing fashion, M. d'Albe is represented as sacrificing his happiness in the superhuman effort to preserve the welfare of his family. But when M. d'Albe decides to deliver Claire at any cost and invents the lie that Frédéric has been unfaithful, he instead precipitates her mortal decline. Is M. d'Albe's miscalculation based on his worldly understanding of adultery, which does not take account of his wife's ethical integrity, or does it proceed from an unspoken desire for revenge? Readers can debate the question, just as they can debate the selfish component in Frédéric's drive to consummate his love even at the price of Claire's death, for one fundamental feature of memoir novels is that no omniscient narrator guides the reader in how to interpret the events of the plot.

Memoir techniques are common to a range of eighteenth-century novelistic forms. In sentimental fiction, they work in tandem with plots of ethical conflict to produce the lively conversation that linked sympathetic readers in a circle of sentimental sociability. As Diderot observed of Richardson, sentimental fictions are distinguished not only for creating a bond between reader and protagonist but also for creating a bond among sympathetic readers who come together to share their emotions over fictional sufferings. These emotions go beyond what Diderot described as the sweet pleasure of shedding tears to debating "la conduite de ses personnages" as well as "les points les plus importants de la morale et du goût" (37). In stimulating such discussion, sentimental fiction promoted the sociability that was an important dimension to Enlightenment culture (see Habermas 51).

The more ethically complex the plot, the more successful the work at creating lively discussion. In 1785, the sentimental novelist Henry Mackenzie identified the plot "particularly prevalent in that species [of novels] called the *Sentimental*" as the "war of duties." According to Mackenzie, the typical war put duty to the family, usually "duty to parents," in competition with "the ties of friendship and of love" (qtd. in Williams 329, 330). Many sentimental novels staged this war as a plot of thwarted courtship, depicting young lovers who, drawn together by taste and temperament but belonging to different social groups, are separated by their families. Sometimes, novels portrayed a protagonist sacrificing some form of personal happiness other than romantic love to further the welfare of a relative. We can certainly see Claire suffering in the war of duties, torn between her personal happiness and the welfare of her husband and family.

Once we understand that personal happiness is constituted as a positive duty in sentimental fiction, we can appreciate how sentimental tales of adultery like Rousseau's *La nouvelle Héloïse*, Goethe's *Sufferings of Young Werther*, and Isabelle de Montolieu's *Caroline de Lichtfeld*, along with *Claire d'Albe*, revise a form of social transgression that has fascinated prose fiction from the novel's prehistory in medieval romance. Throughout this lineage, adultery threatens to destroy the social order through its confusion of categories (see esp. Tanner). The wrong people are in each other's beds, and they can engender children who will inherit their family's property even though the family's blood does not flow in their veins. This threat is compounded by the fact that here adultery destroys a form of allegiance underpinning social hierarchy when it betrays the trust between husband and wife sanctified in the ceremonial exchange of vows.[10] But what makes the sentimental version of adultery so provocative is that the relationship simultaneously threatens to destroy the social order and promises the happiness fundamental to Enlightenment conceptions of self and society.[11]

In contrast to the earlier view of how adultery threatens society, Claire ardently affirms her love as a source of happiness that does not in itself make her "coupable," even as she recognizes the ethical transgression were it to be fulfilled. "Si tu est tout pour moi," she tells Frédéric, "mon univers, mon bonheur, le dieu que j'adore... je ne suis point coupable... Mais, de ce que je ne puis donner de pareils sentiments à mon époux, s'ensuit-il que je ne doive point lui garder la foi jurée?"

In representing individual happiness in tension with collective welfare, sentimental novels give poetic expression to a central preoccupation of Enlightenment liberalism. When political thinkers conceptualized a rational and just society, they saw the difficulty in accommodating two kinds of rights aligned with two kinds of freedoms. On the one hand, the political order was to protect negative rights (freedom *from*): the rights so fundamental to Anglo-American liberalism to be free from constraint in order to pursue happiness and property. On the other hand, the individual's reasoned consent implied what political theorists call positive rights (freedom *to*): one's rights to contribute to the welfare of the collective.[12] If accommodating these two kinds of rights proved difficult in the realm of politics, we can understand sentimental fiction as resolving this tension in the realm of art. When readers came together to discuss and debate the behavior of sentimental protagonists, they exercised their private judgment and at the same time contributed to invigorating collective sociability.

The notions of personal fulfillment and collective welfare were often equated, respectively, with *bonheur* and *devoir* in a sentimental lexicon developed to express the Enlightenment vision of humanity linked by bonds of sympathy and ideals of virtue. This lexicon included seemingly ordinary words pertaining to morality and emotions, but today's reader should note that the special meanings of these sentimental terms have in some cases been lost. When characters use the words *intérêt* and *intéressant*, for example, they are indicating their disinterested sympathy for someone who has suffered or is suffering (Claire initially responds to Frédéric as "bien intéressant"). This sense of interest as altruistic compassion coexisted with a usage that remains familiar today: interest at the time also signified a personal investment with expectation of profit. Readers will also note the use of *tendresse* to describe relations between friends, to which the sentimental paradigm ascribed a passionate character. Opening an ambiguous zone between friendship and love, sentimental friendship had its dangers as well as pleasures, which Cottin challenges the reader to explore when she portrays the lively feelings between Claire and Elise as touching yet simultaneously shows Claire failing to defend herself against Frédéric's love because she at first believes it to be the impulses of friendship.

If sentimental fiction enjoyed prestige and popularity throughout the late 1700s, it was *the* preeminent form of the French novel when Cottin wrote at the turn of the nineteenth century. We may speculate that sentimental fiction's renaissance in the revolutionary and postrevolutionary years (1790–1820) derived in part from the political implications of its subject matter. During the French Revolution, the challenge to devise a rational social order dedicated to freedom shifted from a theoretical question to a matter of urgent public concern. The conflict between positive (public) and negative (personal) rights was spectacularly at issue in the Revolution's ideals and failures. The title "Déclaration des droits de l'homme et du citoyen" lacked one term that would designate the new revolutionary individual endowed with both the negative freedom to self-realization as a private "homme" and the positive freedom to self-realization as a political "citoyen." When sentimental novels like *Claire d'Albe* displaced questions of freedom into the realm of the imagination and further tempered their immediate political resonance by associating the practice of freedom with domestic women, these works opened a relatively unthreatening cultural space to make sense of revolutionary trauma. In debates over the behavior of protagonists like Claire, readers were able to revitalize a public sphere fractured by civil war, though they came together to form a public of novel readers rather than political actors.

As an aesthetic response to the impasses of revolutionary politics, sentimental fiction shared much with Romanticism, which was, as Hugo put it in his celebrated preface to *Hernani*, "*le libéralisme* en littérature" (1147). Like sentimentality, Romanticism did not endorse the untrammeled pursuit of personal freedom; rather, it sought the right balance between the conflicting dictates of the collective and the individual, which the Romantics envisaged as a conflict between collectively sanctioned aesthetic patterns and the imperative to individual expression. Romanticism, that is to say, translated to the level of form questions that sentimental novels addressed on the level of thematics. We can see the passage from sentimentality to Romanticism in Chateaubriand's *Atala* (1801), a fusion of exoticism with a sentimental plot that pits collective welfare against individual happiness.

During its postrevolutionary heyday, sentimental fiction was dominated by women writers. A critic voiced the prevalent view of the novel when he declared in 1817 that "depuis assez longtemps le sceptre de ce genre de lit-térature est entre les mains des femmes" (Rev.). Senti-mental fiction maintained its prestige into the 1830s and 1840s, its poetics continuing to inspire female novelists in particular. They were important notably to George Sand, then considered not only the finest woman novelist but quite simply the finest novelist of her generation.

In the later nineteenth century, the sentimental novel fell from favor, along with the female novelists who had made its fame. This fall accompanied the genesis of his-torical realism, and in both their polemic and poetics Balzac, Stendhal, Flaubert, and Hugo all denigrated sen-timental novels along with female novelists.[13] *Claire d'Albe*'s importance can be gauged from the fact that Stendhal and Balzac both appropriated and reworked its plot in seminal realist novels like, respectively, *Le rouge et le noir* (1830) and *Le lys dans la vallée* (1836). In their hostile transformations, Frédéric's love became unscrupulous social climbing and Claire's ethical struggles became her inability to come to terms with desire. Yet even as Sten-dhal and Balzac transformed the idealism of sentimental fiction into a flexible morality of compromise and shifted the focus from moral truth to historical specificity, they maintained their readers' interest through portraying characters torn between personal happiness and collec-tive welfare, although they situated these characters in a society where ethics no longer obtained.[14] Their poetic practices revealed just how much they owed to sentimen-tality; their attack on the form was a strategic denial of their literary origins.

But the realist bias against the sentimental aesthetic

should not imply that the aesthetic has disappeared or that its underwriting tensions have been resolved. Popular and mass culture forms like romance novels, melodramas, weepies, and soap operas have continued to provoke sympathy with plots depicting the war of duties across the past 150 years. Sentimentality's ethical struggles lived on in the influential twentieth-century philosophical movement of existentialism, which defined selfhood as shaped by ethical dilemmas around the practice of freedom.[15] The conflict between negative and positive rights still informs contemporary United States debates around gun control, affirmative action, civil-liberties protection, and dismantling the welfare state. When does society have the right to limit individuals' self-determination? How do we mesh our pursuits of life, happiness, and property with our responsibilities to our society and fellow citizens? The challenges so concisely posed by Claire d'Albe's tragic passion are still alive as we grapple with the legacy of the Enlightenment social contract at the turn of the twenty-first century.

Notes

[1]Cottin to Mme Jauge, 12 Apr. 1800, Bath, England, cited in Sykes 329.

[2]Constant to his aunt, Nassau Chandieu, 9 Sept. 1807, cited in Sykes 250.

[3]Sykes recognizes the importance of Cottin's letters, including substantial portions of them in the appendix to *Madame Cottin*. Cottin's correspondence provides a moving commentary on the condition of women along with women writers in revolutionary and postrevolutionary France as well as illuminates her life. It deserves to be published in its entirety.

[4]Mlle Risteau [Cottin] to Mlle Julie Vénès, 17 Feb. 1789, cited in Sykes 277.

⁵Cottin to Lamothe, 29 June 1794, cited in Sykes 288.
⁶Cottin to Amable Pelet, Oct. or Nov. 1796, cited in Sykes 308.
⁷The sales figures for *Claire d'Albe* and *Elisabeth* are from Lyons 83.
⁸The languages include English, Spanish, German, Italian, Dutch, Portuguese, Polish, Rumanian, and Croatian.
⁹There exists a rich critical bibliography on sentimentality as an international literary and cultural discourse. See, for example, Todd; Vila; Barker-Benfield; Denby; Alliston; and the essays on sentimentality in Cohen and Dever.
¹⁰Medieval prose fiction compared the adulterous wife's failure to uphold the marriage vows with the vassal's failure to uphold his vow of fidelity to his lord and devised plots where the wife's betrayal of her husband went hand in hand with the knight's betrayal of his king, like the love of Lancelot and Guinevere or Tristan and Iseult. To understand how the modern novel's plot of adultery took shape in dialogue with this tradition, see Joan DeJean's comments on the use of the notion of *aveu* in Lafayette's *La Princesse de Clèves*, where Lafayette mobilizes the overtones of the term as at once the pledge between lord and vassal and the juridical act of confession (116–21).
¹¹Adultery is treated differently in the novel of manners, where it is tolerated as part of a sphere of secular sociability regulated by strategic maneuvering rather than principles.
¹²The balance between negative and positive rights varied among thinkers. Locke made negative rights primary and positive rights secondary in his *Two Treatises of Government* (1690), while Rousseau accorded them equal claims in his *Du contrat social* (1762).
¹³See my *Sentimental Education of the Novel* for a discussion of the nineteenth-century prestige of sentimental poetics, realism as a hostile takeover of the sentimental tradition, and the importance of gender in struggles around novelistic genre during the first half of the nineteenth century.
¹⁴See Naomi Schor's *George Sand and Idealism* for an account of how realist fiction takes shape in dialogue with idealism.
¹⁵Think, for example, of Sartre's interest in situations of *Huis clos*. His famous title well describes the dilemmas of *Claire d'Albe*.

Works Cited

Alliston, April. *Virtue's Faults: Correspondences in Eighteenth-Century British and French Women's Fiction*. Stanford: Stanford UP, 1996.

Barker-Benfield, G.-J. *The Culture of Sensibility: Sex and Society in Eighteenth-Century Britain*. Chicago: U of Chicago P, 1992.

Chénier, Marie-Joseph. *Tableau historique de l'état et des progrès de la littérature française depuis 1789*. Paris: Maradan, 1816.

Cohen, Margaret. *The Sentimental Education of the Novel*. Princeton: Princeton UP, 1999.

Cohen, Margaret, and Carolyn Dever, eds. *The Literary Channel*. Princeton: Princeton UP, 2002.

DeJean, Joan. *Tender Geographies*. New York: Columbia UP, 1991.

Denby, David. *Sentimental Narrative and the Social Order in France, 1760–1820*. Cambridge: Cambridge UP, 1994.

Diderot, Denis. "Eloge de Richardson." 1762. *Œuvres esthétiques*. Paris: Garnier, 1959. 29–48.

Genlis, Stéphanie Félicité de. *De l'influence des femmes sur la littérature française*. 1811. Paris: Lecointe, 1826.

Habermas, Jürgen. *The Structural Transformation of the Public Sphere*. Trans. Thomas Burger. Cambridge: MIT P, 1989.

Hugo, Victor. Preface to *Hernani*. 1830. *Théâtre Complet*. Vol. 1. Paris: Garnier, 1963. 1147–51.

Lyons, Martin. *Le triomphe du livre*. Paris: Promodis, 1987.

Morgan, Sydney. *France*. Vol. 2. London: Colburn, 1817.

Rev. of *Auguste et Frédéric* by Madame B*** [signed A.]. *Journal des débats* 11 Mar. 1817.

Schor, Naomi. *George Sand and Idealism*. New York: Columbia UP, 1993.

Stewart, Joan. *Gynographs*. Lincoln: U of Nebraska P, 1993.

Sykes, Leslie C. *Madame Cottin*. Oxford: Blackwell, 1949.

Tanner, Tony. *Adultery in the Novel: Contract and Transgression*. Baltimore: Johns Hopkins UP, 1979.

Todd, Janet. *Sensibility: An Introduction*. New York: Methuen, 1986.

Vila, Anne. *Enlightenment and Pathology: Sensibility in the Litera-*

ture and Medicine of Eighteenth-Century France. Baltimore: Johns Hopkins UP, 1998.

Williams, Ioan, ed. *Novel and Romance, 1700–1800*. London: Routledge, 1970.

SUGGESTIONS FOR FURTHER READING

Cohen, Margaret. *The Sentimental Education of the Novel.**

Cusset, Catherine. "Sophie Cottin ou l'écriture du déni." *Romantisme 3*. 77 (1992): 25–31.

Denby, David. *Sentimental Narrative and the Social Order in France, 1760–1820.**

Hobsbawm, Eric. *The Age of Revolution*. London: Abacus, 1994.

Hollier, Denis, ed. *A New History of French Literature*. Cambridge: Harvard UP, 1989.

Lyons, Martin. *Le triomphe du livre.**

Rossard, Janine. *Pudeur et romantisme*. Paris: Nizet, 1982.

Spencer, Samia I. "Sophie Cottin." *French Women Writers: A Bio-bibliographical Source Book*. Ed. Eva M. Sartori and Dorothy W. Zimmerman. Westport: Greenwood, 1991. 90–98.

Stewart, Joan. *Gynographs.**

Sykes, Leslie. *Madame Cottin.**

Trousson, Raymond. Introduction to *Claire d'Albe*. *Romans de femmes du XVIIIième siècle*. Ed. Trousson. Paris: Laffont, 1996. 675–90.

*Publication information can be found in this entry in the works-cited list of the introduction.

Unwin, Timothy, ed. *The Cambridge Companion to the Modern French Novel*. Cambridge: Cambridge UP, 1997.

Waller, Margaret. *The Male Malady*. New Brunswick: Rutgers UP, 1993.

First Editions of Cottin's Published Writings (in Chronological Order)

Claire d'Albe. Paris: Maradan, 1799.

Malvina. Paris: Maradan, 1801. 4 vols.

Amélie Mansfield. Paris: Maradan, 1803. 4 vols.

La prise de Jéricho. Mélanges de littérature publiés par J.-B. Suard. Paris: Dentu, 1803. 3 vols.

Mathilde, ou Mémoires tirés de l'histoire des croisades. Paris: Giguet, 1805. 6 vols.

Elisabeth, *suivi de* La prise de Jéricho. Paris: Giguet, 1806. 2 vols.

Modern Editions of *Claire d'Albe*

Préface by Jean Gaulmier. Paris: Desforges, 1976.

In *Romans de femmes du XVIIIième siècle*. Ed. Raymond Trousson. Paris: Laffont, 1996.

Early English Translations of *Claire d'Albe*

Dangerous Friendship; or, The Letters of Clara d'Albe. Trans. Lady of Baltimore [Eliza Anderson Godefroy]. Baltimore: Robinson, 1807.

Clara: A Novel. London: Colburn, 1808. 2 vols.

A NOTE ON THE TEXT

The text is based on the first edition of *Claire d'Albe* that appeared anonymously, credited simply to "La C.***." Cottin's published correspondence gives evidence that she was in dialogue with her publisher about the layout of this version of the text.[1] I thank the University of Pennsylvania Library for making the 1799 edition available to me.

There are not substantial differences in the wording of this text and subsequent editions, such as the 1817 and 1820 republications of the novel in her *Œuvres complètes* put out by J. L. F. Foucault or the nineteenth-century edition replicated in the CD-ROM version of *Claire d'Albe* in *Autour du romantisme: Le roman, 1792–1886* (Bibliopolis, 1998). There are, however, occasional punctuation differences; the most significant is the 1799 use of a question mark after Claire's initial praise of her marriage in letter 2: "Et moi, Elise, en considérant le monde, et les hommes que j'y ai connû, ne dois-je pas aussi bénir mon père de m'avoir choisi un si digne époux?" This question mark was changed to a more affirmative exclamation point in later editions. Throughout my edition, I follow the 1799 punctuation and italics, modernizing only where they prove difficult to follow. I also modernize spelling.

I thank Martha Evans, Joseph Gibaldi, and David Nicholls for their guidance in the editorial preparation of the manuscript and Michael Kandel for his copyediting. I am delighted to have an image by Nancy Davenport on the cover and appreciate the help of Ruth Phaneuf and the Nicole Klagsbrun Gallery in obtaining its use.

Note

[1]See Cottin's letter 98 (Sykes 322), where Cottin describes how the publisher wanted to put the author's preface, in fact written by her cousin Julie, after the novel, but how Cottin insisted that the preface proceed it.

Work Cited

Sykes, Leslie C. *Madame Cottin*. Oxford: Blackwell, 1949.

SOPHIE COTTIN

Claire d'Albe

PREFACE DE L'AUTEUR

Le dégoût, le danger ou l'effroi du monde ayant fait naître en moi le besoin de me retirer dans un monde idéal, déjà j'embrassais un vaste plan qui devait m'y retenir longtemps, lorsqu'une circonstance imprévue, m'arrachant à ma solitude et à mes nouveaux amis, me transporta sur les bords de la Seine, aux environs de Rouen, dans une superbe campagne, au milieu d'une société nombreuse.

Ce n'est pas là où je pouvais travailler, je le savais ; aussi avais-je laissé derrière moi tous mes essais. Cependant la beauté de l'habitation, le charme puissant des bois et des eaux, éveillèrent mon imagination et remuèrent mon cœur ; il ne me fallait qu'un mot pour tracer un nouveau plan ; ce mot me fut dit par une personne de la société, et qui a joué elle-même un rôle assez important dans cette histoire. Je lui demandai la permission d'écrire son récit, elle me l'accorda ; j'obtins celle de l'imprimer, et je me hâte d'en profiter. Je me hâte est le mot, car ayant écrit tout d'un trait, et en moins de quinze jours l'ouvrage qu'on va lire, je ne me suis donné ni le temps ni la peine d'y retoucher. Je sais bien que pour le public le temps ne fait rien à l'affaire;[1] aussi il fera bien de dire du mal de mon ouvrage s'il l'ennuie; mais s'il m'ennuyait encore plus de le corriger, j'ai bien fait de le laisser tel qu'il est.

Quant à moi, je sens si bien tout ce qui lui manque, que je ne m'attends pas que mon âge, ni mon sexe me mettent à l'abri des critiques, et mon amour-propre serait assez mal à son aise s'il n'avait une sorte de pressentiment que l'histoire que je médite le dédommagera peut-être de l'anecdote qui vient de m'échapper.

---

[1] "Le temps ne fait rien à l'affaire," says Alceste in Molière's *Le misanthrope* (1.2). Raymond Trousson observes this quotation in his notes to *Claire d'Albe* (*Romans de femme du XVIIIième siècle* [Paris : Laffont, 1996] 691). With it, Cottin indicates to the reader her literary culturation. Her heroine shares this knowledge, using intertextual citation and writing in an elegant and slightly formal neoclassical style.

Lettre I

Claire d'Albe à Elise de Biré

Non, mon Elise, non, tu ne doutes pas de la peine que j'ai éprouvée en te quittant; tu l'as vue, elle a été telle, que M. d'Albe proposait de me laisser avec toi, et que j'ai été prête à y consentir. Mais alors le charme de notre amitié n'eût-il pas été détruit ? Aurions-nous pu être contentes d'être ensemble en ne l'étant pas de nous-mêmes ? Aurais-tu osé parler de vertu sans craindre de me faire rougir, et remplir des devoirs qui eussent été un reproche tacite pour celle qui abandonnait son époux et séparait un père de ses enfants? Elise, j'ai dû te quitter, et je ne puis m'en repentir; si c'est un sacrifice, la reconnaissance de M. d'Albe m'en a dédommagée, et les sept années que j'ai passées dans le monde depuis mon mariage ne m'avaient pas obtenu autant de confiance de sa part que la certitude que je ne te préfère pas à lui; tu le sais, cousine, depuis mon union avec M. d'Albe, il n'a été jaloux que de mon amitié pour toi; il était donc essentiel de le rassurer sur ce point, et c'est à quoi j'ai parfaitement réussi. Elise, gronde-moi si tu veux, mais, malgré ton absence, je suis heureuse; oui, je suis heureuse de la satisfaction de M. d'Albe. «Enfin, me disait-il ce matin, j'ai acquis la plus entière sécurité sur votre attachement; il a fallu longtemps, sans doute; mais pouvez-vous vous en étonner, et la disproportion de nos âges ne vous rendra-t-elle pas indulgente là-dessus? Vous êtes belle et aimable; je vous ai vue dans le tourbillon du monde et des plaisirs, recherchée, adulée; trop sage pour qu'on osât vous adresser des vœux, trop simple pour être flattée des hommages; votre esprit n'a point été éveillé à la coquetterie, ni votre cœur à l'intérêt, et dans tous les moments j'ai reconnu en vous le désir sincère de glisser dans le monde sans y être aperçue: c'était-là votre première épreuve; avec des principes comme les vôtres, ce n'était pas la plus difficile. Mais bientôt je vous réunis à votre amie, je vous donne l'espérance de vivre avec elle, déjà vos plans sont formés, vous confondez vos enfants, le soin de les élever double de charme en vous en occupant ensemble, et c'est du sein de cette jouissance que je vous arrache pour vous mener dans un pays nouveau, dans une terre éloignée. Vous voilà seule à vingt-deux ans, sans autre compagnie que deux enfants en bas âge et un mari de soixante. Eh bien! je vous retrouve la même, toujours tendre, toujours empressée; vous êtes la première à remarquer les agréments de ce séjour; vous cherchez à jouir de ce que je vous donne, pour me faire oublier ce que je vous ôte; mais le mérite unique, inappréciable de votre complaisance, c'est d'être si naturelle et si abandonnée que j'ignore moi-même si le lieu que je préfère n'est pas celui qui vous plaît toujours davantage. C'était ma seconde épreuve; après celle-ci, il ne m'en reste plus à faire. Peut-être étais-je né soupçonneux, et vous aviez dans vos charmes tout ce qu'il fallait pour accroître cette disposition; mais, heureusement pour tous deux, vous aviez plus encore de vertus que de charmes, et ma confiance est désormais illimitée comme votre mérite.»

«Mon ami, lui ai-je répondu, vos éloges me pénètrent et me ravissent; ils m'assurent que vous êtes heureux, car le bonheur voit tout en beau; vous me peignez comme parfaite, et mon cœur jouit de votre illusion, puisque vous m'aimez comme telle. Mais, ai-je ajouté en souriant, ne faites pas à ce que vous nommez ma complaisance tout l'honneur de ma gaieté; vous n'avez pas oublié qu'Elise nous a promis de venir se joindre à nous, puisque nous n'avions pu rester avec elle, et cette espérance n'est pas pour moi le moins beau point de vue de ce séjour-ci.» En effet, mon amie, tu ne l'oublieras pas cette promesse si nécessaire à toutes deux, tu profiteras de ton indépendance pour ne pas laisser divisé ce que le ciel créa pour être uni; tu viendras rendre à mon cœur la plus chère portion de lui-même; nous retrouverons ces instants si doux et dont l'existence fugitive a laissé de si profondes traces dans ma mémoire; nous reprendrons ces éternelles conversations que l'amitié savait rendre si courtes; nous jouirons de ce sentiment unique et cher qui éteint la rivalité et enflamme l'émulation; enfin, l'instant heureux où Claire te reverra sera celui où il lui sera permis de dire *pour toujours*; et puisse le génie tutélaire qui présida à notre naissance et nous fit naître au même moment, afin que nous nous aimassions davantage, mettre le sceau à ses bienfaits en n'envoyant qu'une seule mort pour toutes deux !

LETTRE II

Claire à Elise

J'ai tort, en effet, mon amie, de ne t'avoir rien dit de l'asile qui bientôt doit être le tien, et qui d'ailleurs mérite qu'on le décrive; mais que veux-tu, quand je prends la plume, je ne puis m'occuper que de toi, et peut-être pardonneras-tu un oubli dont mon amitié est la cause.

L'habitation où nous sommes est située à quelques

lieues[2] de Tours, au milieu d'un mélange heureux de coteaux et de plaines, dont les uns sont couverts de bois et de vignes et les autres de moissons dorées et de riantes maisons; la rivière du Cher embrasse le pays de ses replis, et va se jeter dans la Loire; les bords du Cher, couverts de bocages et de prairies, sont riants et champêtres; ceux de la Loire, plus majestueux, s'ombragent de hauts peupliers, de bois épais et de riches guérets; du haut d'un roc pittoresque qui domine le château, on voit ces deux rivières rouler leurs eaux étincelantes des feux du jour dans une longueur de sept à huit lieues, et se réunir en murmurant au pied du château; quelques îles verdoyantes s'élèvent de leurs lits, un grand nombre de ruisseaux grossissent leur cours; de tous côtés on découvre une vaste étendue de terre riche de fruits, parée de fleurs, animée par les troupeaux qui paissent dans les pâturages. Le laboureur courbé sur la charrue, les berlines roulant sur le grand chemin, les bateaux glissant sur les fleuves, et les villes, bourgs et villages surmontés de leurs clochers déploient la plus magnifique vue que l'on puisse imaginer.

Le château est vaste et commode, les bâtiments dépendant de la manufacture que M. d'Albe vient d'établir sont immenses; je m'en suis approprié une aile,

---

[2]In France, a *lieue* was approximately four kilometers (2.4 miles), though its precise measurements differed according to locality. An English league was approximately three miles.

afin d'y fonder un hospice de santé où les ouvriers malades et les pauvres paysans des environs puissent trouver un asile; j'y ai attaché un chirurgien et deux gardes-malades; et quant à la surveillance, je me la suis réservée; car il est peut-être plus nécessaire qu'on ne croit de s'imposer l'obligation d'être tous les jours utile à ses semblables; cela tient en haleine, et même pour faire le bien nous avons besoin souvent d'une force qui nous pousse.

Tu sais que cette vaste propriété appartient depuis longtemps à la famille de M. d'Albe; c'est là que dans sa jeunesse il connut mon père et se lia avec lui; c'est là qu'enchantés d'une amitié qui les avait rendus si heureux, ils se jurèrent d'y venir finir leurs jours et d'y déposer leurs cendres; c'est là enfin, ô mon Elise! qu'est le tombeau du meilleur des pères; sous l'ombre des cyprès et des peupliers repose son urne sacrée; un large ruisseau l'entoure et forme comme une île où les élus seuls ont le droit d'entrer. Combien je me plais à parler de lui avec M. d'Albe, combien nos cœurs s'entendent et se répondent sur un pareil sujet! «Le dernier bienfait de votre père fut de m'unir à vous, me disait mon mari, jugez combien je dois chérir sa mémoire.» Et moi, Elise, en considérant le monde et les hommes que j'y ai connus, ne dois-je pas aussi bénir mon père de m'avoir choisi un si digne époux?

Adolphe se plaît beaucoup plus ici que chez toi; tout y

est nouveau, et le mouvement continuel des ouvriers lui paraît plus gai que le tête-à-tête des deux amies. Il ne quitte point son père; celui-ci le gronde et lui obéit; mais qu'importe? quand l'excès de sa complaisance rendrait son fils mutin et volontaire dans son enfance, ne suis-je pas sûre que ses exemples le rendront bienfaisant et juste dans sa jeunesse?

Laure ne jouit point comme son frère de tout ce qui l'entoure; elle ne distingue que sa mère, et encore veut-on lui disputer cet éclair d'intelligence; M. d'Albe m'assure qu'aussitôt qu'elle a tété, elle ne me connaît pas plus que sa bonne, et je n'ai pas voulu encore en faire l'expérience, de peur de trouver qu'il n'eût raison.

M. d'Albe part demain; il va au-devant d'un jeune parent qui arrive du Dauphiné ;[3] uni à sa mère par les liens du sang, il lui jura, à son lit de mort, de servir de guide et de père à son fils, et tu sais si mon mari sait tenir ses serments; d'ailleurs il compte le mettre à la tête de sa manufacture et se soulager ainsi d'une surveillance trop fatigante pour son âge; sans ce motif, je ne sais si je verrais avec plaisir l'arrivée de Frédéric; dans le monde, un convive de plus n'est pas même une différence; dans la solitude, c'est un événement.

Adieu, mon Elise; il règne ici un air de prospérité, de

---

[3]A province on the southeastern border of France

11

mouvement et de joie qui te fera plaisir; et pour moi, je crois bien qu'il ne me manque que toi pour y être heureuse.

LETTRE III

Claire à Elise

Je suis seule, il est vrai, mon Elise, mais non pas ennuyée; je trouve assez d'occupation auprès de mes enfants, et de plaisir dans mes promenades, pour remplir tout mon temps : d'ailleurs M. d'Albe, devant trouver son cousin à Lyon,[4] sera de retour ici avant dix jours; et puis comment me croire seule quand je vois la terre s'embellir chaque jour d'un nouveau charme? Déjà le premier né de la nature s'avance, déjà j'éprouve ses douces influences, tout mon sang se porte vers mon cœur qui bat plus violemment à l'approche du printemps; à cette sorte de création nouvelle tout s'éveille et s'anime; le désir naît, parcourt l'univers, et effleure tous les êtres de son aile légère; tous sont atteints et le suivent; il leur ouvre la route du plaisir, tous enchantés s'y précipitent; l'homme seul attend encore, et différent sur ce point des êtres vi-

---

[4] A large city in southeastern France almost midway between the Dauphiné region and the Loire Valley at the center of France, where the d'Albe family now lives. Note that the imaginary geography of the novel unites the wild borders of France with its cultivated center.

12

vants, il ne sait marcher dans cette route que guidé par l'amour. Dans ce temple de l'union des êtres, où les nombreux enfants de la nature se réunissent, désirer et jouir étant tout ce qu'ils veulent, ils s'arrêtent et sacrifient sans choix sur l'autel du plaisir; mais l'homme dédaigne ces biens faciles entre le désir qui l'appelle, et la jouissance qui l'excite; il languit fièrement s'il ne pénètre au sanctuaire; c'est là seulement qu'est le bonheur, et l'amour seul peut y conduire... O mon Elise! je ne te tromperai pas, et tu m'as devinée; oui, il est des moments où ces images me font faire des retours sur moi-même, et où je soupçonne que mon sort n'est pas rempli comme il aurait pu l'être: ce sentiment, qu'on dit être le plus délicieux de tous, et dont le germe était peut-être dans mon cœur, ne s'y développera jamais, et y mourra vierge. Sans doute, dans ma position, m'y livrer serait un crime, y penser est même un tort; mais crois-moi, Elise, il est rare, très rare que je m'appuie d'une manière déterminée sur ce sujet; la plupart du temps je n'ai, à cet égard, que des idées vagues et générales, et auxquelles je ne m'abandonne jamais. Tu aurais tort de croire qu'elles reviennent plus fréquemment à la campagne; au contraire, c'est là que les occupations aimables et les soins utiles donnent plus de moyens d'échapper à soi-même. Elise, le monde m'ennuie, je n'y trouve rien qui me plaise; mes yeux sont fatigués de ces êtres nuls qui s'entrechoquent dans leur petite sphère pour se dépasser d'une ligne: qui a vu un homme n'a plus rien de nouveau à voir, c'est toujours le même cercle d'idées, de sensations et de phrases, et le plus aimable de tous ne sera jamais qu'un homme aimable. Ah! laisse-moi sous mes ombrages: c'est là qu'en rêvant un mieux idéal, je trouve le bonheur que le ciel m'a refusé; ne pense pas pourtant que je me plaigne de mon sort, Elise, je serais bien coupable: mon mari n'est-il pas le meilleur des hommes? il me chérit, je le révère, je donnerais mes jours pour lui, d'ailleurs n'est-il pas le père d'Adolphe, de Laure? que de droits à ma tendresse! Si tu savais comme il se plaît ici, tu conviendrais que ce seul motif devrait m'y retenir; chaque jour il se félicite d'y être, et me félicite de m'y trouver bien. Dans tous les lieux, dit-il, il serait heureux par sa Claire; mais ici il l'est par tout ce qui l'entoure; le soin de sa manufacture, la conduite de ses ouvriers, sont des occupations selon ses goûts; c'est un moyen d'ailleurs de faire prospérer son village; par-là il excite les paresseux et fait vivre les pauvres; les femmes, les enfants, tout travaille, les malheureux se rattachent à lui; il est comme le centre et la cause de tout le bien qui se fait à dix lieues à la ronde, et cette vue le rajeunit. Ah! mon amie, eussé-je autant d'attrait pour le monde qu'il m'inspire d'aversion, je resterais encore ici; car une femme qui aime son mari compte les jours où elle a du plaisir comme des jours ordinaires, et ceux où elle lui en fait comme des jours de fête.

Claire à Elise

J'ai passé bien des jours sans t'écrire, mon amie, et au moment où j'allais prendre la plume, voilà M. d'Albe qui arrive avec son parent. Il l'a rencontré bien en deçà de Lyon; c'est pourquoi leur retour a été plus prompt que je ne comptais. Je n'ai fait qu'embrasser mon mari et entrevoir Frédéric. Il m'a paru bien, très bien. Son maintien est noble, sa physionomie ouverte; il est timide, et non pas embarrassé. J'ai mis dans mon accueil toute l'affabilité possible, autant pour l'encourager que pour plaire à mon mari. Mais j'entends celui-ci qui m'appelle et je me hâte de l'aller rejoindre, afin qu'il ne me reproche pas que, même au moment de son arrivée, ma première idée soit pour toi. Adieu, chère amie.

Claire à Elise

Combien j'aime mon mari, Elise! combien je suis touchée du plaisir qu'il trouve à faire le bien! Toute son ambition est d'entreprendre des actions louables, comme son bonheur est d'y réussir. Il aime tendrement Frédéric, parce qu'il voit en lui un heureux à faire. Ce jeune homme, il est vrai, est bien intéressant. Il a toujours habité les Cévennes,[5] et le séjour des montagnes a donné autant de souplesse et d'agilité à son corps que d'originalité à son esprit et de candeur à son caractère. Il ignore jusqu'aux moindres usages. Si nous sommes à une porte et qu'il soit pressé, il passe le premier. A table, s'il a faim, il prend ce qu'il désire, sans attendre qu'on lui en offre. Il interroge librement sur tout ce qu'il veut savoir, et ses questions seraient même souvent indiscrètes, s'il n'était pas clair qu'il ne les fait que parce qu'il ignore qu'on ne doit pas tout dire. Pour moi, j'aime ce caractère neuf qui se montre sans voile et sans detour; cette franchise crue qui le fait manquer de politesse, et jamais de complaisance, parce que le plaisir d'autrui est un besoin pour lui. En voyant un désir si vrai d'obliger tout ce qui l'entoure, une reconnaissance si vive pour mon mari, je souris de ses naïvetés et je m'attendris sur son bon coeur. Je n'ai point encore vu une physionomie plus expressive. Ses moindres sensations s'y peignent comme dans une glace. Je suis sure qu'il en est encore à savoir qu'on peut mentir. Pauvre jeune homme! Si on le jetait ainsi dans le monde, à dix-neuf ans, sans guide, sans ami, avec cette disposi-

---

[5]Rugged mountains in the Dauphiné region

16

tion à tout croire et ce besoin de tout dire, que deviendrait-il? Mon mari lui servira sans doute de soutien; mais sais-tu que M. d'Albe exige presque que je lui en serve aussi? «Je suis un peu brusque, me disait-il ce matin, et la bonté de mon cœur ne rassure pas toujours sur la rudesse de mes manières. Frédéric aura besoin de conseils. Une femme s'entend mieux à les donner, et puis votre âge vous y autorise. Trois ans de plus entre vous font beaucoup. D'ailleurs, vous êtes mère de famille, et ce titre inspire le respect.» J'ai promis à mon mari de faire ce qu'il voudrait. Ainsi, Elise, me voilà érigée en grave précepteur d'un jeune homme de dix-neuf ans. N'es-tu pas toute émerveillée de ma nouvelle dignité? Mais pour revenir aux choses plus à ma portée, je te dirai que ma fille a commencé hier à marcher. Elle s'est tenue seule pendant quelques minutes. J'étais fière de ses mouvements; il me semblait que c'était moi qui les avais créés. Pour Adolphe, il est toujours avec les ouvriers. Il examine les mécaniques, n'est content que lorsqu'il les comprend, les imite quelquefois, et les brise plus souvent, saute au cou de son père quand celui-ci le gronde, et se fait aimer de chacun en faisant enrager tout le monde. Il plaît beaucoup à Frédéric, mais ma fille n'a pas tant de bonheur. Je lui demandais s'il ne la trouvait pas charmante, s'il n'avait pas de plaisir à baiser sa peau douce et fraîche: non, m'a-t-il répondu naïvement, elle est laide et elle sent *le lait aigre*.

Adieu, mon Elise. Je me fie à ton amitié pour rapprocher ces jours charmants que nous devons passer ici. Je sais que l'état d'une veuve qui a le bien de ses enfants à conserver demande beaucoup de sacrifices; mais si le plaisir d'être ensemble est un aiguillon pour ton indolence, il doit nécessairement accélérer tes affaires. Mon ange, M. d'Albe me disait ce matin que si l'établissement de sa manufacture et l'instruction de Frédéric ne nécessitaient pas impérieusement sa présence, il quitterait femme et enfants pendant trois mois pour aller expédier tes affaires et te ramener ici trois mois plus tôt. Excellent homme! il ne voit de bonheur que dans celui qu'il donne aux autres, et je sens que son exemple me rend meilleure. Adieu, cousine.

LETTRE VI
Claire à Elise

Ce matin, comme nous déjeunions, Frédéric est accouru tout essoufflé. Il venait de jouer avec mon fils; mais, prenant tout à coup un air grave, il a prié mon mari de vouloir bien, dès aujourd'hui, lui donner les premières instructions relatives à l'emploi qu'il lui destine dans sa manufacture. Ce passage subit de l'enfance à la raison

m'a paru si plaisant que je me suis mise à rire immodéré-
ment. Frédéric m'a regardée avec surprise. «Ma cousine,
m'a-t-il dit, si j'ai tort, reprenez-moi; mais il est mal de se
moquer.» «Frédéric a raison, a repris mon mari; vous
êtes trop bonne pour être moqueuse, Claire; mais vos ris
inattendus, qui contrastent avec votre caractère habituel,
vous en donnent souvent l'air. C'est là votre seul défaut;
et ce défaut est grave, parce qu'il fait autant de mal aux
autres que s'ils étaient réellement les objets de votre rail-
lerie.» Ce reproche m'a touchée. J'ai tendrement em-
brassé mon mari, en l'assurant qu'il ne me reprocherait
pas deux fois un tort qui l'afflige. Il m'a serrée dans ses
bras. J'ai vu des larmes dans les yeux de Frédéric; cela
m'a émue. Je lui ai tendu la main en lui demandant pardon; il l'a saisie avec vivacité, il l'a baisée; j'ai senti ses
pleurs… En vérité, Elise, ce n'était pas là un mouvement
de politesse. M. d'Albe a souri. «Pauvre enfant, m'a-t-il
dit, comment se défendre de l'aimer, si naïf et si caressant! Allons, ma Claire, pour cimenter votre paix,
menez-le promener vers ces forêts qui dominent la Loire.
Il retrouvera là un site de son pays. D'ailleurs, il faut bien
qu'il connaisse le séjour qu'il doit habiter. Pour aujour-
d'hui, j'ai des lettres à écrire. Nous travaillerons demain,
jeune homme.»

Je suis partie avec mes enfants. Frédéric portait ma
fille, quoiqu'elle sentît le *lait aigre*. Arrivés dans la forêt,

nous avons causé... Causé n'est pas le mot, car il a parlé seul. Le lieu qu'il voyait, en lui rappelant sa patrie, lui a inspiré une sorte d'enthousiasme. J'ai été surprise que les grandes idées lui fussent aussi familières, et de l'éloquence avec laquelle il les exprimait. Il semblait s'élever avec elles. Je n'avais point vu encore autant de feu dans son regard. Ensuite, revenant à d'autres sujets, j'ai reconnu qu'il avait une instruction solide et une aptitude singulière à toutes les sciences. Je crains que l'état qu'on lui destine ne lui plaise ni ne lui convienne. Une chose purement mécanique, une surveillance exacte, des calculs arides, doivent nécessairement lui devenir insupportables, ou éteindre son imagination, et cela serait bien dommage. Je crois, Elise, que je m'accoutumerai à la société de Frédéric. C'est un caractère neuf, qui n'a point été émoussé encore par le frottement des usages. Aussi présente-t-il toute la piquante originalité de la nature. On y retrouve ces touches larges et vigoureuses dont l'homme dut être formé en sortant des mains de la divinité ; on y pressent ces nobles et grandes passions qui peuvent égarer sans doute, mais qui seules élèvent à la gloire et à la vertu. Loin de lui ces petits caractères sans vie et sans couleur, qui ne savent agir et penser que comme les autres, dont les yeux délicats sont blessés par un contraste, et qui, dans la petite sphère où ils se remuent, ne sont pas même capables d'une grande faute.

Lettre VII

Claire à Elise

J'aurais été bien surprise si l'éloge très mérité que j'ai fait de Frédéric, ne m'eût attiré le reproche d'enthousiaste de la part de ma très judicieuse amie ; car je ne puis dire les choses telles que je les vois, ni les exprimer comme je les sens, que sa censure ne vienne aussitôt mettre le *veto* sur mes jugements. Il se peut, mon Elise, que je n'aie vu encore que le côté favorable du caractère de Frédéric ; et, pour ne lui avoir pas trouvé de défauts, je ne prétends pas affirmer qu'il en soit exempt ; mais je veux, par le récit suivant, te prouver qu'il n'y a du moins aucun intérêt personnel dans ma manière de le juger.

Hier, nous nous promenions ensemble assez loin de la maison. Tout à coup Adolphe lui demande étourdiment : « Mon cousin, qui aimes-tu mieux, mon papa ou maman ? » Je t'assure que c'est sans hésiter qu'il a donné la préférence à mon mari. Adolphe a voulu en savoir la raison. « Ta maman est beaucoup plus aimable, a-t-il répondu, mais je crois ton papa meilleur, et à mes yeux un simple mouvement de bonté l'emporte sur toutes les grâces de l'esprit. » « Eh bien, mon cousin, tu dis comme maman ; elle ne m'embrasse qu'une fois quand j'ai bien étudié, et me caresse longtemps quand j'ai fait plaisir à quelqu'un, parce qu'elle dit que je ressemblerai à mon

21

papa…» Frédéric m'a regardée d'un air que je ne saurais trop définir; puis, mettant la main sur son cœur: «C'est singulier, a-t-il dit à part soi, cela m'a porté là.» Alors, sans ajouter un mot, ni me faire une excuse, il m'a quittée et s'en est allé tout seul à la maison. A dîner, je l'ai plaisanté sur son peu de civilité, et j'ai prié M. d'Albe de le gronder de me laisser ainsi seule sur les grands chemins. «Auriez-vous eu peur? a interrompu Frédéric; il fallait me le dire, je serais resté; mais je croyais que vous aviez l'habitude de vous promener seule.» «Il est vrai, ai-je répondu; mais votre procédé doit me faire croire que je vous ennuie, et voilà ce qu'il ne fallait pas me laisser voir.» «Vous auriez tort de le penser. J'éprouvais, au contraire, en vous écoutant, une sensation agréable, mais qui me faisait mal; c'est pourquoi je vous ai quittée.» M. d'Albe a souri. «Vous aimez donc beaucoup ma femme, Frédéric?» lui a-t-il dit. «Beaucoup? Non.» «La quitteriez-vous sans regret?» «Elle me plaît, mais je crois qu'au bout de peu de jours, je n'y penserais plus.» «Et moi, mon ami?» «Vous! s'est-il écrié en se levant, et courant se jeter dans ses bras, je ne m'en consolerais jamais.» «C'est bien, c'est bien, mon Frédéric, lui a dit M. d'Albe tout ému; mais je veux pourtant qu'on aime ma Claire comme moi-même.» «Non, mon père, a repris l'autre en me regardant, je ne le pourrais pas.»

Tu vois, Elise, que je suis un objet très secondaire dans

les affections de Frédéric. Cela doit être. Je ne lui pardonnerais pas d'aimer un autre à l'égal de son bienfaiteur. Je
crains de t'ennuyer en te parlant sans cesse de ce jeune
homme. Cependant il me semble que c'est un sujet aussi
neuf qu'intéressant. Je l'étudie avec cette curiosité qu'on
porte à tout ce qui sort des mains de la nature. Sa conversation n'est point brillante d'un esprit d'emprunt; elle est
riche de son propre fonds. Elle a surtout le mérite, inconnu de nos jours, de sortir de ses lèvres telle que la
pensée la conçoit. La vérité n'est pas au fond du puits,
mon Elise, elle est dans le cœur de Frédéric.

Cette après-midi nous étions seuls, je tenais ma fille sur
mes genoux, et je cherchais à lui faire répéter mon nom.
Ce titre de mère m'a rappelé ce qui s'était dit la veille, et
j'ai demandé à Frédéric pourquoi il donnait le nom de père
à M. d'Albe. «Parce que j'ai perdu le mien, a-t-il répondu,
et que sa bonté m'en tient lieu.» «Mais votre mère est
morte aussi, il faut que je devienne la votre.» «Vous! oh,
non.» «Pourquoi donc?» «Je me souviens de ma mère, et
ce que je sentais pour elle ne ressemblait en rien a ce que
vous m'inspirez.» «Vous l'aimiez bien davantage?» «Je
l'aimais tout autrement; j'étais parfaitement libre avec elle,
au lieu que votre regard m'embarrasse quelquefois; je
l'embrassais sans cesse...» «Vous ne m'embrasseriez donc
pas?» «Non; vous êtes beaucoup trop jolie.» «Est-ce une
raison?» «C'est au moins une différence. J'embrassais ma

mère sans penser à sa figure ; mais auprès de vous je ne verrais que cela.» Peut-être me blâmeras-tu, Elise, de badiner ainsi avec lui, mais je ne puis m'en empêcher. Sa conversation me divertit et m'inspire une gaieté qui ne m'est pas naturelle. D'ailleurs, mes plaisanteries amusent M. d'Albe, et souvent il les excite. Cependant ne crois pas pour cela que j'aie mis de côté mes fonctions de moraliste ; je donne souvent des avis à Frédéric, qu'il écoute avec docilité et dont il profite ; et je sens qu'outre le plaisir qu'éprouve M. d'Albe à me voir occupée de son élève, j'en trouverai moi-même un bien réel à éclairer son esprit sans nuire à son naturel, et à le guider dans le monde en lui conservant sa franchise.

Non, mon Elise, je n'irai point passer l'hiver à Paris. Si tu y étais, peut-être aurais-je hésité, et j'aurais eu tort ; car mon mari, tout entier aux soins de son établissement, ferait un bien grand sacrifice en s'en éloignant. Frédéric nous sera d'une grande ressource pour les longues soirées ; il a une très jolie voix ; il ne manque que de méthode. Je fais venir plusieurs partitions italiennes. Quel dommage que tu ne sois pas ici ! Avec trois voix, il n'y a guère de morceaux qu'on ne puisse exécuter, et nous aurions mis notre bon vieux ami dans l'Elysée.[6]

---

[6]In classical mythology, the dwelling place after death of heroic warriors and people who lived exemplary lives

Lettre VIII

Claire à Elise

Cela t'amuse donc beaucoup que je te parle de Frédéric?
et par une espèce de contradiction, je n'ai presque rien a
t'en dire aujourd'hui. Depuis plusieurs jours je ne le vois
guère qu'aux heures des repas; encore, pendant tout ce
temps, s'occupe-t-il à causer avec mon mari de ce qu'ils
ont fait, ou de ce qu'ils vont faire. Je suis même plus
habituellement seule qu'avant son arrivée, parce que M.
d'Albe, se plaisant beaucoup avec lui, sent moins le besoin de ma société. Pendant les premiers jours cela m'a
attristée. Pour être avec eux, j'avais rompu le cours de
mes occupations ordinaires, et je ne savais plus le repren-
dre; il me semblait toujours que j'attendais quelqu'un, et
l'habitude de la société désenchantait jusqu'à mes promenades solitaires. Nous sommes de vraies machines,
mon amie; il suffit de s'accoutumer à une chose pour
qu'elle nous devienne nécessaire; et par cela seul que
nous l'avons eue hier, nous la voulons encore aujourd'hui.
Je crois qu'il y a dans nous une inclination à la paresse,
qui est le plus fort de nos penchants; et s'il y a si peu
d'hommes vertueux, c'est moins par indifférence pour la
vertu, que parce qu'elle tend toujours à agir, et nous toujours au repos. Mais aussi comme elle sait récompenser
ceux dont le courage s'élève jusqu'à elle! Si les premiers

25

instants sont rudes, comme la suite dédommage des sacrifices qu'on lui fait! Plus on l'exerce, plus elle devient
chère; c'est comme deux amis qui s'aiment mieux à
mesure qu'ils se connaissent davantage. Il est aussi un art
de la rendre facile et ce n'est pas à Paris qu'il se trouve.
Du fond de nos hôtels dorés, qu'il est difficile d'apercevoir la misère qui gémit dans les greniers! Si la bienfaisance nous soulève de nos fauteuils, combien d'ob-
stacles nous y replongent! Au milieu de cette foule de
malheureux qui fourmillent dans les grandes villes,
comment distinguer le fourbe de l'infortuné? On commence par se fier à la physionomie; mais, bientôt revenu
de cet indice trompeur, pour avoir été dupe de fausses
larmes, on finit par ne plus croire aux vraies. Que de dé-
marches, de perquisitions ne faut-il pas pour être sûr de
ne secourir que les vrais malheureux! En voyant leur
nombre infini, combien l'âme est tristement oppressée
de ne pouvoir en soulager qu'une si faible partie! Et malgré le bien qu'on a fait, l'image de celui qu'on n'a pu faire
vient troubler notre satisfaction. Mais à la campagne, où
notre entourage est plus borné et plus près de nous, on
ne court risque ni de se tromper, ni de ne pouvoir tout
faire; si le but est moins grand, du moins laisse-t-il
l'espoir de l'atteindre. Ah! si chacun se chargeait ainsi
d'embellir son petit horizon, la misère disparaîtrait de
dessus la terre; l'inégalité des fortunes s'éteindrait sans

efforts et sans secousses, et la charité serait le nœud céleste qui unirait tous les hommes ensemble!

Claire à Elise

Tu connais le goût de M. d'Albe pour les nouvelles politiques. Frédéric le partage. Un sujet qui embrasse le bonheur des nations entières lui paraît le plus intéressant de tous: aussi chaque soir, quand les gazettes et les journaux arrivent, M. d'Albe se hâte d'appeler son ami pour les lire et les discuter avec lui. Comme cette occupation dure toujours près d'une heure, je profite assez souvent de ce moment pour me retirer dans ma chambre, soit pour écrire ou pour être avec mes enfants. Durant les premiers jours, Frédéric me demandait où j'allais, et voulait que je fusse présente à la lecture. A la fin, voyant qu'elle était toujours pour moi le signal de la retraite, il m'a grondée de mon indifférence sur les nouvelles publiques, et a prétendu que c'était un tort. Je lui ai répondu que je ne donnais ce nom qu'aux choses d'où il résultait quelque mal pour les autres; qu'ainsi je ne pouvais pas me reprocher comme tel le peu d'intérêt que je prenais aux événements politiques. «Moi, faible atôme perdu dans la foule des êtres qui habitent cette vaste contrée, ai-je ajouté, que peut-il résulter du plus ou moins de vivacité que je

27

mettrai à ce qui la regarde? Frédéric, le bien qu'une femme peut faire à son pays n'est pas de s'occuper de ce qui s'y passe, ni de donner son avis sur ce qu'on y fait, mais d'y exercer le plus de vertus qu'elle peut.» «Claire a raison, a interrompu M. d'Albe; une femme, en se consacrant à l'éducation de ses enfants et aux soins domestiques, en donnant à tout ce qui l'entoure l'exemple des bonnes mœurs et du travail, remplit la tâche que la patrie lui impose; que chacune se contente de faire ainsi le bien en détail, et de cette multitude de bonnes choses naîtra un bel ensemble. C'est aux hommes qu'appartiennent les grandes et vastes conceptions, c'est à eux à créer le gouvernement et les lois; c'est aux femmes à leur en faciliter l'exécution, en se bornant strictement aux soins qui sont de leur ressort. Leur tâche est facile; car, quel que soit l'ordre des choses, pourvu qu'il soit basé sur la vertu et la justice, elles sont sûres de concourir à sa durée, en ne sortant jamais du cercle que la nature a tracé autour d'elles; car, pour qu'un tout marche bien, il faut que chaque partie reste à sa place.»

Elise, je recueille bien le fruit d'avoir rempli mon devoir en accompagnant M. d'Albe ici. Je m'y sens plus heureuse que je ne l'ai jamais été. Je n'éprouve plus ces moments de tristesse et de dégoût dont tu t'inquiétais quelquefois. Sans doute c'était le monde qui m'inspirait cet ennui profond dont la vue de la nature m'a guérie.

Mon amie, rien ne peut me convenir davantage que la vie de la campagne, au milieu d'une nombreuse famille. Outre l'air de ressemblance avec les mœurs antiques et patriarcales, que je compte bien pour quelque chose, c'est là seulement qu'on peut retrouver cette bienveillance douce et universelle que tu m'accusais de ne point avoir, et dont les nombreuses réunions d'hommes ont dû nécessairement faire perdre l'usage. Quand on n'a avec ses semblables que des relations utiles, telles que le bien qu'on peut leur faire et les services qu'ils peuvent nous rendre, une figure étrangère annonce toujours un plaisir, et le cœur s'ouvre pour la recevoir ; mais lorsque, dans la société on se voit entouré d'une foule d'oisifs, qui viennent nous accabler de leur inutilité, qui, loin d'apprendre à bien employer le temps, forcent à en faire un mauvais usage, il faut, si on ne leur ressemble pas, être avec eux ou froide ou fausse ; et c'est ainsi que la bienveillance s'éteint dans le grand monde, comme l'hospitalité dans les grandes villes.

LETTRE X

Claire à Elise

Ce matin on est venu m'éveiller avant cinq heures, pour aller voir la bonne mère Françoise, qui avait une attaque d'apoplexie ; j'ai fait appeler sur-le-champ le chirurgien

de la maison, et nous avons été ensemble porter des secours à cette pauvre femme. Peu à peu les symptômes
sont devenus moins alarmants ; elle a repris connaissance,
et son premier mouvement, en me voyant auprès de son
lit, a été de remercier le ciel de lui avoir rendu une vie à
laquelle sa bonne maîtresse s'intéressait. Nous avons vu
qu'une des causes de son accident venait d'avoir négligé
la plaie de sa jambe ; et, comme le chirurgien la blessait
en y touchant, j'ai voulu la nettoyer moi-même. Pendant
que j'en étais occupée, j'ai entendu une exclamation, et,
levant la tête, j'ai vu Frédéric... Frédéric en extase ; il
revenait de la promenade, et voyant du monde devant la
chaumière, il y était entré. Depuis un moment il était
là ; il contemplait non plus sa cousine, m'a-t-il dit, non
plus une femme belle autant qu'aimable, mais un
ange ! J'ai rougi et de ce qu'il m'a dit, et du ton qu'il y a
mis, et peut-être aussi du désordre de ma toilette ; car,
dans mon empressement à me rendre chez Françoise, je
n'avais eu que le temps de passer un jupon et de jeter un
schals sur mes épaules ; mes cheveux étaient épars, mon
cou et mes bras nus. J'ai prié Frédéric de se retirer ; il a
obéi, et je ne l'ai pas revu de toute la matinée. Une heure
avant le dîner, comme j'attendais du monde, je suis des-
cendue très parée, parce que je sais que cela plaît à M.
d'Albe ; aussi m'a-t-il trouvée très à son gré ; et, s'adressant à Frédéric : « N'est-ce pas, mon ami, que cette robe

sied bien à ma femme, et qu'elle est charmante avec?»
«Elle n'est que jolie, a répondu celui-ci, je l'ai vue céleste
ce matin.» M. d'Albe a demandé l'explication de ces
mots; Frédéric l'a donnée avec feu et enthousiasme.
«Mon jeune ami, lui a dit mon mari, quand vous con-
naîtrez mieux ma Claire, vous parlerez plus simplement
de ce qu'elle a fait aujourd'hui: s'étonne-t-on de ce qu'on
voit tous les jours? Frédéric, contemplez bien cette
femme, parée de tous les charmes de la beauté, dans tout
l'éclat de la jeunesse, elle s'est retirée à la campagne,
seule avec un mari qui pourrait être son aïeul, occupée de
ses enfants, ne songeant qu'à les rendre heureux par sa
douceur et sa tendresse, et répandant sur tout un village
son active bienfaisance: voilà quelle est ma compagne.
Qu'elle soit votre amie, mon fils; parlez-lui avec confiance; recueillez dans son âme de quoi perfectionner
la vôtre; elle n'aime pas la vertu mieux que moi, mais
elle sait la rendre plus aimable.» Pendant ce discours,
Frédéric était tombé dans une profonde rêverie. Mon
mari ayant été appelé par un ouvrier, je suis restée seule
avec Frédéric; je me suis approchée de lui. «A quoi
pensez-vous donc?» lui ai-je demandé. Il a tressailli, et,
prenant mes deux mains en me regardant fixement, il a
dit: «Dans les premiers beaux jours de ma jeunesse,
aussitôt que l'idée du bonheur eut fait palpiter mon sein,
je me créai l'image d'une femme telle qu'il la fallait à

mon cœur. Cette chimère enchanteresse m'accompagnait partout; je n'en trouvais le modèle nulle part; mais je viens de la reconnaître dans celle que votre mari a peinte; il n'y manque qu'un trait: celle dont je me forgeais l'idée ne pouvait être heureuse qu'avec moi.» «Que dites-vous, Frédéric?» me suis-je écriée vivement. «Je vous raconte mon erreur, a-t-il répondu avec tranquillité; j'avais cru jusqu'à présent qu'il ne pouvait y avoir qu'une femme comme vous; sans doute que je me suis trompé, car j'ai besoin d'en trouver une qui vous ressemble.» Tu vois, Elise, que la fin de son discours a dû éloigner tout à fait les idées que le commencement avait pu faire naître. Puissé-je, ô mon amie! lui aider à découvrir celle qu'il attend, celle qu'il desire! elle sera heureuse, bien heureuse, car Frédéric saura aimer !

Il faut donc m'y résigner, chère amie, encore six mois d'absence! six mois éloignée de toi! que de temps perdu pour le bonheur! le bonheur, cet être si fugitif que plusieurs le croient chimérique, n'existe que par la réunion de tous les sentiments auxquels le cœur est accessible, et par la présence de ceux qui en sont les objets; un vide l'empêche de naître, l'absence d'un ami le détruit. Aussi ne suis-je point heureuse, Elise, car tu es loin de moi, et jamais mon cœur n'eut plus besoin de t'aimer et de jouir de ta tendresse. Je sais que, si l'amitié t'appelle, le

32

devoir te retient, et je t'estime trop pour t'attendre : mais combien mes vœux aspirent à ce moment qui, les accordant ensemble, te ramènera dans mes bras! Il me serait si doux de pleurer avec toi; cela soulagerait mon cœur d'un poids qui l'oppresse, et que je ne puis définir! Adieu.

Lettre XI

Claire à Elise

Tu me demandes si j'aurais été bien aise que mon mari eût été témoin de ma dernière conversation avec Frédéric? Assurément, Elise, elle n'avait rien qui pût lui faire de la peine; cela est si vrai, que je la lui ai racontée d'un bout à l'autre. Peut-être bien ne lui ai-je pas rendu tout à fait l'accent de Frédéric, mais qui le pourrait? M. d'Albe a mis à ce récit plus d'indifférence que moi-même; il n'y a vu que le signe d'une tête exaltée, et, a-t-il ajouté, «C'est le partage de la jeunesse.» «Mon ami, lui ai-je répondu, je crois que Frédéric joint à une imagination ardente un cœur infiniment tendre. La contemplation de la nature, la solitude de ce séjour, doivent nourrir ses dispositions, et dès lors il serait peut-être nécessaire de les fixer. Puisque vous vous intéressez à son bonheur, ne pensez-vous pas qu'il serait à propos que j'invitasse alternativement de jeunes personnes à venir passer quelque temps avec moi? Ce n'est qu'ainsi qu'il pourra les connaître et choisir celle qui peut lui convenir.» «Bonne Claire! a repris mon mari, toujours occupée des autres, même à vos propres dépens, car je suis sûr, d'après vos goûts et l'âge de vos enfants, que la société des jeunes personnes ne doit point avoir d'attraits pour vous; mais n'importe, ma bonne amie, je vous connais trop pour vous ôter le plaisir de faire du bien à mon élève; je crois d'ailleurs vos observations à son égard très vraies, et vos projets très bien conçus. Voyons: qui in-viterez-vous?» J'ai nommé Adèle de Raincy: elle a seize ans, elle est belle, remplie de talents; je la demanderai pour un mois...

Je pense, mon Elise, que ce plan, ainsi que ma con-fiance en M. d'Albe, répondent aux craintes bizarres que tu laisses percer dans ta lettre. Ne me demande donc plus s'il est bien prudent à mon âge de m'ensevelir à la cam-pagne avec *cet aimable, cet intéressant jeune homme*: ce serait outrager ton amie que d'en douter; ce serait l'a-vilir que d'exiger d'elle des précautions contre un sem-blable danger. Où il y a un crime, Elise, il ne peut y avoir de danger pour moi, et il est des craintes que l'amitié doit rougir de concevoir. Elise, Frédéric est l'enfant adoptif de mon mari; je suis la femme de son bienfaiteur: ce sont de ces choses que la vertu grave en lettres de feu dans les âmes élevées, et qu'elles n'oublient jamais. Adieu.

34

Lettre XII

Claire à Elise

Il se peut, mon aimable amie, que j'aie appuyé trop vivement sur l'espèce de soupçon que tu m'as laissé entrevoir; mais que veux-tu? Il m'avait révolté, et je n'adopte pas davantage l'explication que tu lui donnes. Tu ne craignais que pour mon repos, et non pour ma conduite, dis-tu? Eh bien, Elise, tu as tort! il n'y a d'honnêteté que dans un cœur pur, et on doit tout attendre de celle qui est capable d'un sentiment criminel. Mais laissons cela, aussi bien j'ai honte de traiter si longtemps un pareil sujet; et pour te prouver que je ne redoute point tes observations, je vais te parler de Frédéric, et te citer un trait qui, par rapport à lui, serait fait pour appuyer tes remarques, si tu l'estimais assez peu pour y persister.

En sortant de table, j'ai suivi mon mari dans l'atelier, parce qu'il voulait me montrer un modèle de mécanique qu'il a imaginé, et qu'il doit faire exécuter en grand. Je n'en avais pas encore vu tous les détails, lorsqu'il a été détourné par un ouvrier. Pendant qu'il lui parlait, un vieux bonhomme qui portait un outil à la main passe près de moi et casse par mégarde une partie du modèle. Frédéric, qui prévoit la colère de mon mari, s'élance prompt comme l'éclair, arrache l'outil des mains du vieillard, et par ce mouvement paraît être le coupable. M. d'Albe se retourne au bruit, et voyant son modèle brisé, il accourt avec emportement, et fait tomber sur Frédéric tout le poids de sa colère. Celui-ci, trop vrai pour se justifier d'une faute qu'il n'a pas faite, trop bon pour en accuser un autre, gardait le silence, et ne souffrait que de la peine de son bienfaiteur. Attendrie jusqu'aux larmes, je me suis approchée de mon mari. «Mon ami, lui ai-je dit, combien vous affligez ce pauvre Frédéric! On peut acheter un autre modèle, mais non un moment de peine causé à ce qu'on aime.» En disant ces mots, j'ai vu les yeux de Frédéric attachés sur moi avec une expression si tendre que je n'ai pu continuer. Les larmes m'ont gagnée. A ce même moment le vieillard est venu se jeter aux pieds de M. d'Albe. «Mon bon maître, lui a-t-il dit, grondez-moi; le cher M. Frédéric n'est pas coupable, c'est pour me sauver de votre colère qu'il s'est jeté devant moi quand j'ai eu cassé votre machine.» Ces mots ont appaisé M. d'Albe; il a relevé le vieillard avec bonté, et, prenant mon bras et celui de Frédéric, il nous a conduits dans le jardin. Après un moment de silence, il a serré la main de Frédéric, en lui disant: «Mon jeune ami, ce serait vous af-fliger que vous faire des excuses sur ma violence, ainsi je n'en parlerai point. Sachez du moins, a-t-il ajouté, en me montrant, que c'est à la douceur de cet ange que je dois de n'en plus avoir que de rares et de courts accès. Quand j'ai épousé Claire, j'étais sujet à des emportements terribles qui éloignaient de moi mes serviteurs et mes amis; elle, sans les braver ni les craindre, a toujours su les tempérer. Au plus haut période de ma colère, elle savait me calmer d'un mot, m'attendrir d'un regard, et me faire rougir de mes torts sans me les reprocher jamais. Peu à peu l'influence de sa douceur s'est étendue jusqu'à moi, et ce n'est plus que rarement que je lui donne sujet de me moins aimer; n'est-ce pas, ma Claire?» Je me suis jetée dans les bras de cet excellent homme; j'ai couvert son visage de mes pleurs; il a continué en s'adressant toujours à Frédéric: «Mon ami, je crois être ce qu'on appelle un bourru bienfaisant ;[7] ces sortes de caractères paraissent meilleurs que les autres, en ce que le passage de la rudesse à la bonté rehausse l'éclat de celle-ci; mais parce qu'elle frappe moins quand elle est égale et permanente, est-ce une raison pour la moins estimer? Voilà pourtant comment on est injuste dans le monde et pourquoi on a cru quelquefois que mon cœur était meilleur encore que celui de Claire.» «Je crois avoir partagé cette injustice, lui a répondu Frédéric; mais j'en suis bien revenu, et votre femme me paraît ce qu'il y a de plus parfait au monde.» «Mon fils! s'est écrié M. d'Albe, puissé-je vous en voir un

---

[7]Referring to himself as a "bourru bienfaisant," M. d'Albe echoes the title of *Le bourru bienfaisant* (1771), a play written by the Italian dramatist Carlo Goldoni while he was in residence at the French court. It represents young people saved from their follies by the wisdom of kindly older relations.

jour une pareille, former moi-même de si doux nœuds, et couler ma vie entre des amis qui me la rendent si chère! Ne nous quittez jamais, Frédéric; votre société est devenue un besoin pour moi.» «Je le jure, ô mon père! a répondu le jeune homme avec véhémence et en mettant un genou en terre; je le jure à la face de ce ciel que ma bouche ne souilla jamais d'un mensonge, et au nom de cette femme plus angélique que lui... Moi, vous quitter? Ah dieu! il me semble que, hors d'ici, il n'y a plus que mort et néant.» «Quelle tête!» s'est écrié mon mari. Ah! mon Elise, quel cœur!

Le soir, m'étant trouvée seule avec Frédéric, je ne sais comment la conversation est tombée sur la scène de l'atelier. «J'ai bien souffert de votre peine, lui ai-je dit.» «Je l'ai vu, m'a-t-il répondu, et de ce moment la mienne a disparu.» «Comment donc?» «Oui, l'idée que vous souffriez pour moi avait quelque chose de plus doux que le plaisir même; et puis quand, avec un accent pénétrant, vous avez prononcé mon nom: *Pauvre Frédéric*, disiez-vous; tenez, Claire, ce mot s'est écrit dans mon cœur, et je donnerais toutes les jouissances de ma vie entière pour vous entendre encore; il n'y a que la peine de mon père qui a gâté ce délicieux moment.»

Elise, je l'avoue, j'ai été émue; mais qu'en concluras-tu? Qui sait mieux que toi combien l'amitié est loin d'être un sentiment froid? N'a-t-elle pas ses élans, ses transports? mais ils conservent leur physionomie, et, quand on les confond avec une sensation plus passionnée, ce n'est pas la faute de celui qui les sent, mais de celui qui les juge. Frédéric éprouve de l'amitié pour la première fois de sa vie, et doit l'exprimer avec vivacité. Ne remarques-tu pas que l'image de mon mari est toujours unie à la mienne dans son cœur? Quand je le vois si tendre, si caressant auprès d'un homme de soixante ans; quand je me rappelle les effusions que nous éprouvions toutes deux, puis-je m'étonner de la vive amitié de Frédéric pour moi? Dis si tu veux qu'il ne faut pas qu'il en éprouve, mais non qu'elle n'est pas ce qu'elle doit être.

Ma petite Laure commence à courir toute seule; il n'y a rien de joli comme les soins d'Adolphe envers elle; il la guide, la soutient, écarte tout ce qui peut la blesser, et perd, dans cette intéressante occupation, toute l'étourderie de son âge. Adieu.

Lettre XIII

Claire à Elise

Pourquoi donc, mon Elise, viens-tu, par des mots entrecoupés, par des phrases interrompues, jeter une sorte de poison sur l'attachement qui m'unit à Frédéric? Que n'es-tu témoin de la plupart de nos conversations! Tu verrais que notre mutuelle tendresse pour M. d'Albe est le nœud qui nous lie le plus étroitement, et que le soin de son bonheur est le sujet inépuisable et chéri qui nous attire sans cesse l'un vers l'autre. J'ai passé la matinée entière avec Frédéric, et durant ce long tête-à-tête, mon mari a été presque le seul objet de notre entretien. C'est dans trois jours la fête de M. d'Albe; j'ai fait préparer un petit théâtre dans le pavillon de la rivière, et je compte établir un concert d'instruments à vent dans le bois de peupliers où repose le tombeau de mon père. C'est là qu'ayant fait descendre ma harpe, ce matin, je répétais la romance que j'ai composée pour mon mari. Frédéric est venu me joindre; ayant deviné mon projet, il avait travaillé de son côté, et m'apportait un duo dont il a fait les paroles et la musique. Après avoir chanté ce morceau, que j'ai trouvé charmant, je lui ai communiqué mon ouvrage; il en a été content: si M. d'Albe l'est aussi, jamais auteur n'aura reçu un prix plus flatteur et plus doux. Il commençait à faire chaud; j'ai voulu rentrer, Frédéric m'a retenue. Assis près de moi, il me regardait fixement, trop fixement; c'est là son seul défaut, car son regard a une expression qu'il est difficile, j'ai presque dit dangereux de soutenir. Après un moment de silence, il a commencé ainsi:

«Vous ne croiriez pas que ce même sujet qui vient de m'attendrir jusqu'aux larmes, enfin que votre union avec

M. d'Albe m'avait inspiré, avant de vous connaître, une forte prévention contre vous. Accoutumé à regarder l'amour comme le plus bel attribut de la jeunesse, il me semblait qu'il n'y avait qu'une âme froide ou intéressée qui eût pu se résoudre à former un lien dont la disproportion des âges devait exclure ce sentiment. Ce n'était point sans répugnance que je venais ici, parce que je me figurais trouver une femme ambitieuse et dissimulée ; et, comme on m'avait beaucoup vanté votre beauté, je plaignais tendrement M. d'Albe, que je supposais être dupe de vos charmes. Pendant la route que je fis avec lui, il ne cessa de m'entretenir de son bonheur et de vos vertus. Je vis si clairement qu'il était heureux, qu'il fallut bien vous rendre justice ; mais c'était comme malgré moi, mon cœur repoussait toujours une femme qui avait fait vœu de vivre sans aimer ; et rien ne put m'ôter l'idée que vous étiez raisonnable par froideur, et généreuse par ostentation. J'arrive, je vous vois, et toutes mes préventions s'effacent. Jamais regard ne fut plus touchant, jamais voix humaine ne m'avait paru si douce. Vos yeux, votre accent, votre maintien, tout en vous respire la tendresse, et cependant, vous êtes heureuse ; M. d'Albe est l'objet constant de vos soins ; votre âme semble avoir créé pour lui un sentiment nouveau ; ce n'est point l'amour, il serait ridicule ; ce n'est point l'amitié, elle n'a ni ce respect, ni cette déférence ; vous avez cherché dans tous les sentiments existants ce que chacun pouvait offrir de mieux pour le bonheur de votre époux, et vous en avez formé un tout, qu'il n'appartenait qu'à vous de connaître et de pratiquer. O aimable Claire! j'ignore quel motif ou quelle circonstance vous a jetée dans la route où vous êtes, mais il n'y avait que vous au monde qui pussiez l'embellir ainsi.» Il s'est tu, comme pour attendre ma réponse; je me suis retournée, et montrant l'urne de mon père: «Sous cette tombe sacrée, lui ai-je dit, repose la cendre du meilleur des pères. J'étais encore au berceau lorsqu'il perdit ma mère; alors, consacrant tous ses soins à mon éducation, il devint pour moi le précepteur le plus aimable et l'ami le plus tendre, et fit naître dans mon cœur des sentiments si vifs, que je joignais pour lui à toute la tendresse filiale qu'inspire un père, toute la vénération qu'on a pour un dieu. Il me fut enlevé comme j'entrais dans ma quatorzième année. Sentant sa fin approcher, effrayé de me laisser sans appui, et n'estimant au monde que le seul M. d'Albe, il me conjura de m'unir à lui avant sa mort. Je crus que ce sacrifice la retarderait de quelques instants, je le fis; je ne m'en suis jamais repentie. O mon père! toi qui lis dans l'âme de ta fille, tu connais le vœu, l'unique vœu qu'elle forme: Que le digne homme à qui tu l'as unie n'éprouve jamais une peine dont elle soit la cause, et elle aura vécu heureuse…» «Et moi aussi, s'est écrié Frédéric dans une

42

espèce de transport, et moi aussi, mes vœux sont ex-
aucés! Chaque jour j'en formais pour le bonheur de mon
père. Mais que peut-on demander pour celui qui possède
Claire? Le ciel, par un tel présent, épuisa sa munificence,
il n'a plus rien à donner...» Un moment de silence à succédé; j'étais un peu embarrassée, mes doigts, errant
machinalement sur ma harpe, rendaient quelques sons
au hasard. Frédéric m'a pris la main, et la baisant avec respect: «Est-il vrai, est-il possible, m'a-t-il dit, que vous con-
sentiez à être mon amie? mon père le voudrait, le désire.
De tous les bienfaits qu'il m'a prodigués, c'est celui qui
m'est le plus cher; pour la première fois seriez-vous
moins généreuse que lui?» Elise, chère Elise, comment
lui aurais-je refusé un sentiment dont mon cœur était
plein et qu'il mérite si bien? Non, non, j'ai dû lui promet-
tre de l'amitié, je l'ai fait avec ferveur; eh! qui peut y avoir
plus de droit que lui? lui, dont tous les penchants sont
d'accord avec les miens, qui devine mes goûts, pressent
ma pensée, chérit et vénère le père de mes enfants! Et
toi, mon Elise, toi la bien-aimée de mon cœur, quand
viendras-tu, par ta présence, me faire goûter dans l'amitié tout ce qu'elle peut donner de félicité? Que ce sentiment céleste me tienne lieu de tous ceux auxquels j'ai
renoncé; qu'il anime la nature; que je le retrouve
partout. Je l'écouterai dans les sons que je rendrai, et leur
vibration aura son écho dans mon cœur: c'est lui qui fera

couler mes larmes, et lui seul qui les essuiera. Amitié, tu es tout! la feuille qui voltige, la romance que je chante, la rose que je cueille, le parfum qu'elle exhale! Je veux vivre pour toi, et puissé-je mourir avec toi!

LETTRE XIV

Claire à Elise

Si mes deux dernières lettres ont ranimé tes doutes, cousine, j'espère que celle-ci les détruira tout à fait. Adèle de Raincy est arrivée depuis trois jours, et déjà elle a fait une assez vive impression sur Frédéric. Je voulais lui laisser ignorer qu'elle dût venir, afin de le surprendre, et j'ai réussi. Aussitôt qu'Adèle fut arrivée, je la conduisis dans le pavillon que baigne la rivière, et je fis appeler Frédéric. Il accourt, mais, voyant Adèle près de moi, un cri lui échappe, et la plus vive rougeur couvre son visage. Il s'approche pourtant, mais avec embarras, et son regard craintif et curieux semblait lui dire: «Etes-vous celle que j'attends?» Adèle, par un souris malin, allait achever de le déconcerter, lorsque j'ai dit en souriant: «Vous êtes surpris, Frédéric, de me trouver avec une pareille compagne?» «Oui, m'a-t-il répondu en la regardant, j'ignorais qu'on pût être aussi belle.» Ce compliment flatteur, et qui, dans la bouche de Frédéric, avait si peu l'air d'en être un, a changé aussitôt les dispositions d'Adèle. Elle lui a jeté un coup d'œil obligeant, en lui faisant signe de s'asseoir auprès d'elle; il a obéi avec vivacité, et a commencé une conversation qui ne ressemble guère, ou je suis bien trompée, à celle que cette jeune personne entend tous les jours; aussi répondait-elle fort peu, mais son silence même enchantait Frédéric; il lui a paru une preuve de modestie et de timidité, et c'est ce qui lui plaît par-dessus tout dans une jeune personne. Adèle, de son côté, me paraît très disposée en sa faveur. L'admiration qu'elle lui inspire la flatte, l'agrément de ses discours l'attire, et le feu de son imagination l'amuse. D'ailleurs, la figure de Frédéric est charmante. S'il n'a pas ce qu'on appelle de *la tournure*, il a de la grâce, de l'adresse et de l'agilité: tout cela peut bien faire impression sur un cœur de seize ans. Depuis un an que je n'avais vu Adèle, elle est singulièrement embellie. Ses yeux sont noirs, vifs et brillants; sa brune chevelure tombe en anneaux sur un cou éblouissant; je n'ai point vu de plus belles dents ni des lèvres si vermeilles; et sans être amant ni poète, je dirai que la rose humide des larmes de l'aurore n'a ni la fraîcheur ni l'éclat de ses joues; son teint est une fleur, son ensemble est une Grâce. Il est impossible, en la voyant, de ne pas être frappé d'admiration, aussi Frédéric la quitte-t-il le moins qu'il peut. Vient-il dans le salon, c'est toujours elle qu'il regarde, c'est toujours à elle qu'il s'adresse. Il a laissé bien loin toutes mes leçons de politesse, et le sentiment qui l'inspire lui en a plus appris en une heure que tous mes conseils depuis trois mois. A la promenade, il est toujours empressé d'offrir son bras à Adèle, de la soutenir si elle saute un ruisseau, de ramasser un gant quand il tombe, car c'est un moyen de toucher sa main, et cette main est si blanche et si douce! Je ne sais si je me trompe, Elise, mais il me semble que ce gant tombe bien souvent.

Ce matin, Adèle examinait un portrait de Zeuxis[8] qui est dans le salon. «Cela est singulier, a-t-elle dit, de quelque côté que je me mette, je vois toujours les yeux de Zeuxis qui me regardent.» «Je le crois bien, a vivement répondu Frédéric, ne cherchent-ils pas la plus belle?» Tu vois, mon amie, comment le plus léger mouvement de préférence forme promptement un jeune homme, et j'espère que désormais tu ne seras plus inquiète de son amitié pour moi; ce mot amitié est même trop fort pour ce que je lui inspire, car dans mes idées l'amour même ne devrait pas faire négliger l'amitié, et je ne puis me dissimuler que je suis tout à fait oubliée. Un seul mot d'Adèle, oui un seul mot, j'en suis sûre, ferait bientôt en-

---

[8]A Greek painter (c. 430–400 BC) cited throughout the history of Western aesthetics in discussions concerning art as the imitation of life (mimesis). Zeuxis was famed in particular for painting a still life of grapes so lifelike that birds tried to eat the fruit and for creating a wonderfully beautiful woman by assembling the images of different parts taken from actual women into an ideal whole.

freindre cette promesse jurée si solennellement, de ne jamais nous quitter. En vérité, Elise, je me blâme de la disposition que j'avais à m'attacher à Frédéric. Quand une fois le sort est fixé, comme le mien, aucune circonstance ne pouvant changer les sentiments qu'on éprouve, ils restent toujours les mêmes; mais lui, dans l'âge des passions, pouvant être entraîné, subjugué par elles, peut-on compter de sa part sur un sentiment durable? non, l'amitié serait bientôt sacrifiée, et j'en ferais seule tous les frais. Malheur à moi, alors! car, nous le savons, mon Elise, ce sentiment exige tout ce qu'il donne. Puissé-je voir Frédéric heureux! mais tranquillise-toi, cousine, il n'a pas besoin de moi pour l'être. Adieu.

LETTRE XV

Claire à Elise

Si je ne t'ai pas écrit depuis près de quinze jours, ma tendre amie, c'est que j'ai été malade. En finissant ma dernière lettre, je me sentais oppressée, triste, sans savoir pourquoi, et faisant une très maussade compagnie à la vive et brillante Adèle. Je remettais chaque jour à t'écrire, à cause de l'abattement qui m'accablait; enfin la fièvre m'a prise. J'ai craint que le dérangement de ma santé ne nuisît à ma fille, j'ai voulu la sevrer. Le médecin, tout en convenant que je faisais bien pour elle, m'a objecté que j'avais tort pour moi, parce que dans un moment où les humeurs étaient en mouvement, le lait pouvait passer dans le sang, et causer une révolution fâcheuse. Mon mari a vivement appuyé cet avis ; j'ai persisté dans le mien. A la fin il s'est emporté, et m'a dit qu'il voyait bien que je ne me souciais ni de son repos ni de son bonheur puisque je faisais si peu de cas de ma vie ; qu'au surplus, il me défendait de sevrer tout à coup. Je tenais ma fille entre mes bras, je me suis approchée de lui, et la mettant dans les siens : «Cette enfant est à vous, mon ami, lui ai-je dit, et vos droits sur elle sont aussi puissants que les miens ; mais oubliez-vous qu'en lui donnant la vie, nous prîmes l'engagement sacré de lui sacrifier la nôtre ? Et si nous la perdons, croyez-vous pouvoir oublier que vous en serez la cause, ni m'en consoler jamais ? Par pitié pour moi, pour vous-même, souvenez-vous que devant l'intérêt de nos enfants le notre doit être compté pour rien.» Il m'a rendu ma fille. «Claire, m'a-t-il dit, vous êtes libre ; malheur à qui pourrait vous résister !» J'ai promis à M. d'Albe de le dédommager de sa condescendance en usant de tous les ménagements possibles, et c'est ce que j'ai fait : aussi ma santé va-t-elle mieux, et j'espère avant peu de jours être tout à fait rétablie. Adèle me disait ce matin : «Je vois bien, madame d'Albe, à quel point je suis loin de pouvoir faire encore une bonne mère ; j'ai été effrayée l'autre jour des devoirs que vous vous êtes imposés envers vos enfants. Quoi! vous croyez leur devoir le sacrifice de votre existence! J'ai été si surprise quand vous l'avez dit, que j'ai été tentée de vous croire folle...» «Folle! s'est écrié Frédéric, dites sublime, mademoiselle!» «Vous ne le croiriez pas, mon jeune ami, a interrompu M. d'Albe, mais dans le monde ces deux mots sont presque synonymes; vous y verrez taxer de bizarre et d'esprit systématique celui dont l'âme élevée dédaigne de copier les copies qui l'entourent.»

Cela est bien vrai, mon Elise, cette injustice est une suite de ce petit esprit du monde, qui tend toujours à rabaisser les autres pour les mettre à son niveau. Je me rappelle que dans ces assemblées insipides où l'oisiveté enfante la médisance, et où la futilité parvient à tout dessécher, j'ai souvent pensé que ce sot usage de s'asseoir en rond pour faire la conversation était la cause de tous nos torts et la source de toutes nos sottises... Mais je sens ma tête trop faible pour en écrire davantage. Adieu, mon ange.

Lettre XVI

Claire à Elise

Adèle a voulu aller au bal ce soir; Frédéric lui donne la main, et mon mari leur sert de mentor. Mes deux amis désiraient bien rester avec moi, Frédéric surtout a insisté auprès d'Adèle pour l'empêcher de me quitter. Il a voulu lui faire sentir que ne me portant pas bien, il était peu délicat à elle de me laisser seule; mais l'amour de la danse a prévalu sur toutes ses raisons, et elle a déclaré que le bal étant son unique passion, rien ne pouvait l'empêcher d'y aller: «D'ailleurs, a-t-elle ajouté avec un souris moqueur, vous savez que madame d'Albe n'aime pas qu'on se gêne; et puis, comment craindrions-nous qu'elle s'ennuie, ne la laissons-nous pas avec ses enfants?» Elle a appuyé sur ce dernier mot avec une sorte d'ironie. Frédéric l'a regardée tristement. «Il est vrai, a-t-il répondu, c'est là son plus doux plaisir, et je vois qu'il n'appartient pas à tout le monde de savoir l'apprécier. Vous avez raison, mademoiselle, il faut que chacun prenne la place qui lui convient: celle de madame d'Albe est d'être adorée en remplissant tous ses devoirs, la vôtre est d'éblouir, et le bal doit être votre triomphe.» Adèle n'a vu qu'un éloge de sa beauté dans cette phrase; j'y ai démêlé autre chose. Je vois trop que, malgré les charmes séduisants d'Adèle, si son âme ne répond pas à sa figure, elle ne fixera pas Frédéric. Cependant que ne peut-on pas espérer à son âge? Elise, je veux mettre tous mes soins à cacher des défauts que le temps peut corriger. Nous sommes invitées dans trois jours à un autre bal; si je n'y vais pas, Adèle me quittera encore, et Frédéric ne le lui pardonnera pas. Je suis donc décidée à l'accompagner; d'ailleurs, il est pos-

50

sible que la danse et le monde me distraient d'une mélancolie qui me poursuit et me domine de plus en plus. J'éprouve une langueur, une sorte de dégoût qui décolore toutes les actions de la vie. Il me semble qu'elle ne vaut pas la peine que l'on se donne pour la conserver. L'ennui d'agir est partout, le plaisir d'avoir agi nulle part. Je sais que le bien qu'on fait aux autres est une jouissance; mais je le dis plus que je ne le sens, et si je n'étais souvent agitée d'émotions subites, je croirais mon âme prête à s'éteindre. Je n'ai plus assez de vie pour cette solitude absolue où il faut se suffire à soi-même. Pour la première fois je sens le besoin d'un peu de société, et je regrette de n'avoir point été au bal. Adieu, la plume me tombe des mains.

LETTRE XVII

Claire à Elise

Adèle peint supérieurement pour son âge; elle a voulu faire mon portrait, et j'y ai consenti avec plaisir, afin de l'offrir à mon mari. Ce matin, comme elle y travaillait, Frédéric est venu nous joindre. Il a regardé son ouvrage et a loué son talent, mais avec un demi-sourire qui n'a point échappé à Adèle, et dont elle a demandé l'explication. Sans l'écouter ni lui répondre, il a continué à regarder le portrait, et puis moi, et puis le portrait, ainsi alternativement. Adèle, impatiente, a voulu savoir ce qu'il pensait. Enfin, après un long silence: «Ce n'est pas là madame d'Albe, a-t-il dit, vous n'avez pas même réussi à rendre un de ses moments.» «Comment donc, a interrompu Adèle en rougissant, qu'y trouvez-vous à redire? Ne reconnaissez-vous pas tous ses traits?» «J'en conviens, tous ses traits y sont; si vous n'avez vu que cela en la regardant, vous devez être contente de votre ouvrage.» «Que voulez-vous donc de plus?» «Ce que je veux? qu'on reconnaisse qu'il est telle figure que l'art ne rendra jamais, et qu'on sente du moins son insuffisance. Ces beaux cheveux blonds, quoique touchés avec habileté, n'offrent ni le brillant, ni la finesse, ni les ondulations des siens. Je ne vois point, sur cette peau blanche et fine, refléter le coloris du sang ni le duvet délicat qui la couvre. Ce teint uniforme ne rappellera jamais celui dont les couleurs varient comme la pensée. C'est bien le bleu céleste de ses yeux, mais je n'y vois que leur couleur; c'est leur regard qu'il fallait rendre. Cette bouche est fraîche et voluptueuse comme la sienne; mais ce sourire est éternel, j'attends en vain l'expression qui le suit. Ces mouvements nobles, gracieux, enchanteurs qui se déploient dans ses moindres gestes sont enchaînés et immobiles... Non, non, des traits sans vie ne rendront jamais Claire; et là où je ne vois point d'âme, je ne puis la reconnaître.» «Eh bien! lui a dit Adèle avec dépit, chargez-vous de la peindre, pour moi je ne m'en mêle plus.» Alors, jetant brusquement ses pinceaux, elle s'est levée et est sortie avec humeur. Frédéric l'a suivie des yeux d'un air surpris, et puis, laissant échapper un soupir, il a dit: «Dans quelle erreur n'ai-je pas été en la voyant si belle! J'avais cru que cette femme devait avoir quelque ressemblance avec vous; mais, pour mon malheur, mon éternel malheur, je le vois trop, vous êtes unique...» Je ne puis te dire, Elise, quel mal ces mots m'ont fait; cependant, me remettant de mon trouble, je me suis hâtée de répondre. «Frédéric, ai-je dit, gardez-vous de porter un jugement précipité, et de vous laisser atteindre par des préventions qui pourraient nuire au bonheur qui vous est peut-être destiné. Parce qu'Adèle n'est pas en tout semblable à la chimère que vous vous êtes faite, devez-vous fermer les yeux sur ce qu'elle vaut? Ne savez-vous pas d'ailleurs, combien on peut changer? Croyez que telle personne qui vous plaît quand elle est formée, vous aurait peut-être paru insupportable quelques années auparavant. Vous voulez toujours comparer? Mais parce que le bouton n'a pas le parfum de la fleur entièrement éclose, oubliez-vous qu'il l'aura un jour, et mille fois plus doux peut-être? Frédéric, pénétrez-vous bien que dans celle que vous devez choisir, dans celle dont l'âge doit être en proportion avec le vôtre, vous ne pouvez trouver ni des qualités complètes, ni des vertus exercées; un cœur aimant est tout ce que vous devez chercher; un penchant au bien, tout ce que vous devez vouloir: quand même il serait obscurci par de légers travers, faudrait-il donc se rebuter? De même qu'il est peu de matins sans nuages, on ne voit guère d'adolescence sans défaut; mais elle s'en dégage tous les jours, surtout quand elle est guidée par une main aimée. C'est à vous qu'appartiendra ce soin touchant; c'est à vous à former celle qui vous est destinée, et vous ne pourrez y réussir qu'en la choisissant dans l'âge où l'on peut l'être encore. Mais, ô Frédéric! ai-je ajouté avec solennité, au nom de votre repos, gardez-vous bien de lever les yeux sur toute autre.» En disant ces mots, je suis sortie de la chambre sans attendre sa réponse.

Elise, je n'ose te dire tout ce que je crains; mais l'air de Frédéric m'a fait frémir: s'il était possible!... Mais non, je me trompe assurément; inquiète de tes craintes, influencée par tes soupçons, je vois déjà l'expression d'un sentiment coupable où il n'y a que celle de l'amitié; mais ardente, mais passionnée, telle que doit l'éprouver une âme neuve et enthousiaste. Néanmoins, je vais l'examiner avec soin; et, quant à moi, ô mon unique amie! bannis ton injurieuse inquiétude, fie-toi à ce cœur qui a besoin, pour respirer à son aise, de n'avoir aucun reproche à se faire, et à qui le contentement de lui-même est aussi nécessaire que ton amitié.

Lettre XVIII

Claire à Elise

Elise, comment te peindre mon agitation et mon désespoir ? c'en est fait, je n'en puis plus douter, Frédéric m'aime. Sens-tu tout ce que ce mot a d'affreux dans notre position ? Malheureux Frédéric ! mon cœur se serre, et je ne puis verser une larme. Ah Dieu ! pourquoi l'avoir appelé ici ? Je le connais, mon amie, il aime, et ce sera pour la vie ; il traînera éternellement le trait dont il est déchiré, et c'est moi qui cause sa peine ! Ah ! je le sens, il est des douleurs au-dessus des forces humaines. Comment te dire tout cela ; comment rappeler mes idées ? dans le trouble qui m'agite, je n'en puis retrouver aucune. Chère, chère Elise, que n'es-tu ici, je pourrais pleurer sur ton sein !

Aujourd'hui, à peine avons-nous eu dîné, que mon mari a proposé une promenade dans les vastes prairies qu'arrose la Loire. Je l'ai acceptée avec empressement, Adèle, d'assez mauvaise grâce, car elle n'aime point à marcher ; mais n'importe, j'ai dû ne pas consulter son goût quand il s'agissait du plaisir de mon mari. J'ai pris mon fils avec moi, et Frédéric nous a accompagnés. Le temps était superbe ; les prairies, fraîches, émaillées, remplies de nombreux troupeaux, offraient le paysage le plus charmant ; je le contemplais en silence, en suivant doucement le cours de la rivière, quand un bruit extraordinaire est venu m'arracher à mes rêveries. Je me retourne; ô Dieu! un taureau échappé, furieux, accourait vers nous, vers mon fils! Je m'élance au-devant de lui, je couvre Adolphe de mon corps. Mon action, mes cris effraient l'animal; il se retourne, et va fondre sur un pauvre vieillard. Enfin mon mari aussi allait être sa victime, si Frédéric, prompt comme l'éclair, n'eût hasardé sa vie pour le sauver. D'une main vigoureuse il saisit l'animal par les cornes, ils se débattent; cette lutte donne le temps aux bergers d'arriver; ils accourent; le taureau est terrassé, il tombe! Alors seulement j'entends les cris d'Adèle et ceux du malheureux vieillard. J'accours à celui-ci; son sang coulait d'une épouvantable blessure; je l'étanche avec mon mouchoir; j'appelle Adèle pour me donner le sien; elle me l'envoie par Frédéric, en ajoutant qu'elle n'approchera pas, que le sang lui fait horreur, et qu'elle veut retourner à la maison. «Quoi! sans avoir secouru ce malheureux? lui dit Frédéric.» «N'y a-t-il pas assez de monde ici? répond-elle. Pour moi, je n'ai pas la force de supporter la vue d'une plaie; j'ai besoin de respirer des sels pour calmer la violente frayeur que j'ai éprouvée; et si je reste un moment de plus ici, je suis sûre de me trouver mal.» Pendant qu'elle parlait, le pauvre vieillard gémissait sur le sort de sa femme et de ses enfants que sa mort allait réduire à la mendicité. Entraînée par le désir de consoler cette malheureuse famille, j'ai prié mon mari de ramener Adèle et Adolphe à la maison, et de m'envoyer tout de suite le chirurgien de l'hospice dans le village que le vieillard m'indiquait, et où Frédéric et moi allions nous charger de le faire conduire. «Quoi! vous restez ici, M. Frédéric? lui a dit Adèle d'un air chagrin.» «Si je reste, a-t-il répondu d'un ton terrible et qui m'a remuée jusqu'au fond de l'âme... Allez, mademoiselle, a-t-il ajouté plus doucement, allez vous reposer, ce n'est point ici votre place.» Elle est partie avec M. d'Albe. Deux bergers nous ont aidés à faire un brancard, ils y ont placé le pauvre vieillard, que nous avons conduit dans sa chaumière, à une lieue de là. Ah! mon Elise, quel spectacle que celui de cette famille éplorée! quels cris déchirants en voyant un père, un mari dans cet état! J'ai pressé ces infortunés sur mon sein; j'ai mêlé mes larmes aux leurs; je leur ai promis secours et protection, et mes efforts ont réussi à calmer leur douleur. Le chirurgien est arrivé au bout d'une heure, il a mis un appareil sur la blessure, et a assuré qu'elle n'était pas mortelle. Je l'ai prié de passer la nuit auprès du malade, et j'ai promis de revenir les visiter le lendemain. Alors, comme il commençait à faire nuit, j'ai craint que mon mari ne fût inquiet, et nous avons quitté ces bonnes gens, Frédéric et moi, comblés de leurs bénédictions.

Le cœur plein de toutes les émotions que j'avais

éprouvées, je marchais en silence, et en me retraçant le dévouement héroïque avec lequel Frédéric s'était presque exposé à une mort certaine pour sauver son père : j'ai jeté les yeux sur lui ; la lune éclairait doucement son visage, je l'ai vu baigné de larmes. Attendrie, je me suis approchée, mon bras s'est appuyé sur le sien, il l'a pressé avec violence contre son cœur, ce mouvement a fait palpiter le mien. «Claire, Claire, a-t-il dit d'une voix étouffée, que ne puis-je payer de toute ma vie la prolongation de cet instant ; je la sens là, contre mon cœur, celle qui le remplit en entier ; je la vois, je la presse» : en effet, j'étais presque dans ses bras. «Ecoute, a-t-il ajouté dans une espèce de délire, si tu n'es pas un ange qu'il faille adorer, et que le ciel ait prêté pour quelques instants à la terre ; si tu es réellement une créature humaine, dis-moi pourquoi toi seule as reçu cette âme, ce regard qui la peint, ce torrent de charmes et de vertus qui te rendent l'objet de mon idolâtrie ?... Claire, j'ignore si je t'offense ; mais, comme ma vie est passée dans ton sang, et que je n'existe plus que par ta volonté, si je suis coupable, dis-moi : *Frédéric, meurs*, et tu me verras expirer à tes pieds.» Il y était tombé en effet ; son front était brûlant, son regard égaré. Non, je ne peindrai pas ce que j'éprouvais ; la pitié, l'émotion, l'image de l'amour enfin, tel que j'étais peut-être destinée à le sentir, tout cela est entré trop avant dans mon cœur ; je ne me soutenais plus qu'à peine, et me laissant aller sur un vieux tronc d'arbre dépouillé :

«Frédéric, lui ai-je dit, cher Frédéric, revenez à vous, reprenez votre raison; voulez-vous affliger votre amie?» Il a relevé sa tête, il l'a appuyée sur mes genoux; Elise, je crois que je l'ai pressée; car il s'est écrié aussitôt: «O Claire! que je sente encore ce mouvement de ta main adorée qui me rapproche de ton sein; il a porté l'ivresse dans le mien.» En disant cela, il m'a enlacée entre ses bras, ma tête est tombée sur son épaule, un déluge de larmes a été ma réponse; l'état de ce malheureux m'inspirait une pitié si vive!... Ah! quand on est la cause d'une pareille douleur, et que c'est un ami qui souffre, dis, Elise, n'a-t-on pas une excuse pour la faiblesse que j'ai montrée?... j'étais si près de lui... j'ai senti l'impression de ses lèvres qui recueillaient mes larmes. A cette sensation si nouvelle, j'ai frémi; et repoussant Frédéric avec force: «Malheureux! me suis-je écriée, oublies-tu que ton bienfaiteur, que ton père est l'époux de celle que tu oses aimer? Tu serais un perfide, toi! O Frédéric! reviens à toi, la trahison n'est pas faite pour ton noble cœur.» Alors, se levant vivement, et me fixant avec effroi: «Qu'as-tu dit? ah! qu'as-tu dit, inconcevable Claire? j'avais oublié l'univers près de toi; mais tes mots, comme un coup de foudre, me montrent mon devoir et mon crime. Adieu, je vais te fuir, adieu; ce moment est le dernier qui **nous** verra ensemble. Claire, Claire, adieu!...» Il m'a **quittée**. Effrayée de son dessein, je l'ai rappelé d'un ton douloureux; il m'a entendue, il est revenu. «Ecoutez, lui ai-je dit, le digne homme dont vous avez trahi la confiance ignore vos torts; s'il les soupçonnait jamais, son repos serait détruit: Frédéric, vous n'avez qu'un moyen de les réparer, c'est d'anéantir le sentiment qui l'offense. Si vous fuyez, que croira-t-il? que vous êtes un perfide ou un ingrat; vous, son enfant! son ami! Non, non, il faut se taire, il faut dissimuler enfin; c'est un supplice affreux, je le sais, mais c'est au coupable à le souffrir; il doit expier sa faute en portant seul tout le poids...» Frédéric ne répondait point, il semblait pétrifié; tout à coup un bruit de chevaux s'est fait entendre; j'ai reconnu la voiture que M. d'Albe envoyait au-devant de moi. «Frédéric, ai-je dit, voilà du monde; si la vertu vit encore dans votre âme, si le repos de votre père vous est cher; si vous attachez quelque prix à mon estime, ni vos discours, ni votre maintien, ni vos regards ne décèleront votre égarement...» Il ne répondait point; toujours immobile, il semblait que la vie l'eût abandonné; la voiture avançait toujours, je n'avais plus qu'un moment, déjà j'entendais la voix de M. d'Albe; alors me rapprochant de Frédéric: «Parle donc, malheureux, lui ai-je dit; veux-tu me faire mourir?...» Il a tressailli... «Claire, a-t-il répondu, tu le veux, tu l'ordonnes, tu seras obéie; du moins pourras-tu juger de ton pouvoir sur moi.» Comme il prononçait ces mots, mes gens m'avaient reconnue et la voiture s'est arrêtée; mon mari est descendu. «J'étais bien inquiet, m'a-t-il dit; mes amis, vous avez tardé bien longtemps; si la bienfaisance n'était pas votre excuse, je ne vous pardonnerais pas d'avoir oublié que je vous attendais.» Sens-tu, Elise, tout ce que ce reproche avait de déchirant dans un pareil instant? Il m'a attérée; mais Frédéric... O amour! quelle est donc ta puissance! ce Frédéric si franc, si ouvert, à qui, jusqu'à ce jour la feinte fut toujours étrangère, le voilà changé; un mot, un ordre a produit ce miracle! Il répond d'un air tranquille, mais pénétré: «Vous avez raison, mon père, nous avons bien des torts, mais ce seront les derniers, je vous le jure; au reste, c'est moi seul qui ai été entraîné, votre femme ne vous a point oublié.» «Vous vous vantez, Frédéric, a répondu M. d'Albe; je connais le cœur de Claire sur ce sujet, il était aussi entraîné que le vôtre; et si elle a pensé plus tôt à moi, c'est qu'elle me doit davantage; n'est-ce pas, bonne Claire?...» Elise, je ne pouvais répondre; jamais, non jamais je n'ai tant souffert: serais-je donc coupable! Nous avons remonté en voiture; en arrivant, j'ai demandé la permission de me retirer. Ah! je ne feignais pas en disant que j'avais besoin de repos! Dis, Elise, pourquoi dois-je porter la punition d'une faute dont je ne suis pas complice? Quand j'ai exigé de Frédéric qu'il tût la vérité, je ne savais pas tout ce qu'il en coûte pour la déguiser. Je crains les regards de mon mari, de cet ami que j'aime, et que mon cœur n'a pas trahi; car le ciel m'est témoin que l'amitié seule m'intéresse au sort de Frédéric. Je crains qu'il ne m'interroge, qu'il ne me pénètre; le moindre soupçon qu'il concevrait à cet égard me fait trembler; le bonheur de sa vie entière serait détruit; il faudrait éloigner ce Frédéric dont l'esprit et la société répandent tant de charmes sur ses jours; il faudrait cesser d'aimer le fils de son adoption; il faudrait jeter dans le vague du monde l'orphelin qu'il a promis de protéger; il lui semblerait entendre sa mère lui crier d'une voix plaintive: «Tu t'étais chargé du sort de mon fils, cette espérance m'avait fait descendre en paix dans la tombe, et tu le chasses de chez toi, sans ressources, sans appui, consumé d'un amour sans espoir; regarde-le, il va mourir; est-ce donc ainsi que tu remplis tes serments?» Elise, mon mari ne soutiendra jamais une pareille image. Plutôt que d'être parjure à sa foi, il garderait Frédéric auprès de lui; mais alors plus de paix, la cruelle défiance empoisonnerait chaque geste, chaque regard; le moindre mot serait interprété, et l'union domestique à jamais troublée. Moi-même serais-je à l'abri de ses soupçons? hélas! tu sais combien il a douté longtemps que je puisse l'aimer? Enfin, après sept années de soins, j'étais parvenue à lui inspirer une confiance entière à cet égard: qui sait si cet événement ne la détruirait pas entièrement? Tant de rapports entre Frédéric et moi, tant de conformité dans les goûts et les opinions, il ne croira jamais qu'une âme neuve à l'amour comme la mienne ait pu voir avec indifférence celui que j'inspire à un être si aimable... Il doutera du moins; je verrais cet homme respectable en proie aux soupçons! ce visage, image du calme et de la satisfaction, serait sillonné par l'inquiétude et les soucis! elle s'é-vanouirait, cette félicité que je me promettais à le voir heureux par moi jusqu'à mon dernier jour! non, Elise, non, je sens qu'en achetant son repos au prix d'une dis-simulation continuelle, c'est plus que le payer de ma vie, mais il n'est point de sacrifices auxquels je ne doive me résoudre pour lui. Que Frédéric cherche un prétexte de s'éloigner, me diras-tu? mais comment en trouver un? Tu sais qu'à l'exception de M. d'Albe, la mère de Frédéric était brouillée avec tous ses autres parents, et que son père était un étranger. Il n'a donc de famille que nous, de ressource que nous, d'amis que nous; quelle raison alléguer pour un pareil départ, surtout au moment où il vient d'être chargé presque seul de la direction de l'établissement de M. d'Albe? Que veux-tu que pense celui-ci? Il le croira fou ou ingrat; il m'en par-lera sans cesse; que lui répondrai-je? Ou plutôt il soupçonnera la vérité; il connaît trop Frédéric pour ignorer que la crainte de nuire à son bienfaiteur est le seul motif capable de l'éloigner de cet asile ; mais du moment que les soupçons seront éveillés sur lui, ils le seront aussi sur moi ; il se rappellera mon trouble ; je ne pourrai plus être triste impunément, et dès lors toutes mes craintes seront réalisées. Non, non, que Frédéric reste et qu'il se taise ; j'éviterai soigneusement d'être seule avec lui, et quand je m'y trouverai malgré moi, mon extrême froideur lui ôtera tout espoir d'en profiter. Mais crois-tu qu'il le désire ? ah ! mon amie, si tu connaissais comme moi l'âme de Frédéric, tu saurais que si la violence des passions l'a subjuguée un moment, elle est trop noble pour y persister.

Pourquoi le ciel injuste l'a-t-il poussé vers une femme qui ne s'appartient pas ? Sans doute que celle qui eût été libre de faire son bonheur eut été trop heureuse… Mais je ne sais pas ce que je dis ; pardonne, Elise, ma tête n'est point à moi ; l'image de ce malheureux me poursuit ; j'entends encore ses accents, ils retentissent dans mon cœur. Hélas ! si sa peine venait d'une autre cause, l'humanité m'ordonnerait de l'adoucir par toute la tendresse que permet l'amitié. Et parce que c'est moi qu'il aime, parce que c'est moi qui le fais souffrir, il faut que je sois dure et barbare envers lui ? Combien une pareille conduite choque les lois éternelles de la justice et de la vérité !… Ecris-moi, Elise, guide-moi ; je ne sais que vouloir, je ne sais que résoudre, je me sens malade, je ne quitterai point ma chambre. Adieu.

Lettre XIX

Claire à Elise

Je n'ai point sorti encore de mon appartement; l'idée de voir Frédéric me fait frémir. J'ai dit que j'étais malade, je le suis en effet, ma main tremble en t'écrivant, et je ne puis calmer l'agitation de mes esprits. Qu'est-ce donc que ce terrible sentiment d'amour, si sa vue, si la pitié qu'il inspire jettent dans l'état où je suis? Ah! combien je bénis le ciel de m'avoir garantie de son pouvoir! Va, mon amie, c'est bien à présent que je suis sûre d'être toujours indifférente; je l'étais moins quand je croyais que les passions pouvaient être une source de félicité; mais à présent que j'ai vu avec quelle violence elles entraînent à la folie et au crime, j'en ai un effroi qui te répond de moi pour la vie...

Elise, ô mon Elise! c'est lui, je l'ai vu, il vient d'entr'ouvrir la porte, il a jeté un billet et s'est retiré avec précipitation; son regard suppliant me disait *lisez*. Mais le dois-je? je n'ose ramasser ce papier... Cependant si on venait, qu'on le vît... Je l'ai lu, ah! mon amie! voilà les premières larmes que j'ai versées depuis hier, j'en ai inondé ce billet, je vais tâcher de le transcrire.

«Pourquoi vous cacher, pourquoi fuir le jour? c'est à moi d'en avoir horreur: vous! vous êtes aussi pure que lui.»[9]

Adieu, Elise, j'entends mon mari; je vais m'entourer de mes enfants; je ne sais si je répondrai, je ne sais ce que je répondrai. Non, il vaut mieux se taire. Adieu.

BILLET

Frédéric à Claire

Vous m'évitez, je le vois, vous êtes malade, j'en suis cause; je dissimule avec un père que j'aime; j'offense dans mon cœur le bienfaiteur qui m'accable de ses bontés: Claire, le ciel ne m'a pas donné assez de courage pour de pareils maux.

BILLET

Claire à Frédéric

Qu'osez-vous me faire entendre, malheureux? Une faiblesse nous a mis sur le bord de l'abîme, une lâcheté peut nous y plonger: vous aurais-je trop estimé, en supposant

---

[9]With his rhetoric opposing innocent light to guilty darkness, Frédéric evokes the figurative language Racine uses to describe adulterous passion in his tragedy of a stepmother's love for her stepson (*Phèdre*, 1677).

que vous pouviez réparer vos torts; et ne ferez-vous rien pour moi?

BILLET

Frédéric à Claire

Je ne suis pas maître de mon amour, je le suis de ma vie; je ne puis cesser de vous offenser qu'en cessant d'exister; chaque battement de mon cœur est un crime, laissez-moi mourir.

BILLET

Claire à Frédéric

Non, on n'est pas maître de sa vie quand celle d'un autre y est attachée. Malheureux! frémis du coup que tu veux porter, il ne t'atteindrait pas seul.

BILLET

Frédéric à Claire

Je ne résiste point... Le ton de votre billet, ce que j'y ai cru voir... Ah! Claire, s'il était possible... Puisque vous persistez à ne point me voir seul, permettez du moins que j'écrive pour m'expliquer; peut-être vous paraîtrai-je alors moins coupable. Demain matin, quand il me sera permis d'entrer chez vous pour savoir de vos nouvelles, daignez recevoir ma lettre.

LETTRE XX

Frédéric à Claire

Dans l'abîme de misère où je suis descendu, s'il est un lien qui puisse me rattacher à la vie, je le trouve dans l'espoir de regagner votre estime ; en vous montrant mon cœur tel qu'il fut, tel qu'il est animé par vous, peut-être ne rougirez-vous pas de l'autel où vous serez adorée jusqu'à mon dernier jour.

Vous le savez, Claire, je fus élevé par une mère qui s'était mariée malgré le vœu de toute sa famille ; l'amour seul avait rempli sa vie, et elle me fit passer son âme avec son lait. Sans cesse elle me parlait de mon père, du bonheur d'un attachement mutuel ; je fus témoin du charme de leur union, et de l'excessive douleur de ma mère, lors de la mort de son mari ; douleur qui, la consumant peu à peu, la fit périr elle-même quelques années après.

Toutes ces images me disposèrent de bonne heure à la tendresse ; j'y fus encore excité par l'habitation des montagnes. C'est dans ces pays sauvages et sublimes que l'imagination s'exalte, et allume dans le cœur un feu qui finit par le dévorer ; c'est là que je me créai un fantôme auquel je me plaisais à rendre une sorte de culte. Souvent, après avoir gravi une de ces hauteurs imposantes, où la vue plane sur l'immensité: «Elle est là, m'écriais-je dans une douce extase, celle que le ciel destine à faire la félicité de ma vie. Peut-être mes yeux sont-ils tournés vers le lieu où elle embellit pour mon bonheur; peut-être que dans ce même instant où je l'appelle, elle songe à celui qu'elle doit aimer.» Alors je lui donnais des traits; je la douais de toutes les vertus; je réunissais sur un seul être toutes les qualités, tous les agréments dont la société et les livres m'avaient offert l'idée. Enfin, épuisant sur lui tout ce que la nature a d'aimable et tout ce que mon cœur pouvait aimer, j'imaginai Claire!... Mais non, ce regard, le plus puissant de tes charmes, ce regard que rien ne peut peindre ni définir, il n'appartenait qu'à toi de le posséder: l'imagination même ne pouvait aller jusque-là.

Ma mère avait gravé dans mon âme les plus saints préceptes de morale et le plus profond respect pour les nœuds sacrés du mariage: aussi, en arrivant ici, combien j'étais loin de penser qu'une femme mariée, que la femme de mon bienfaiteur pût être un objet dangereux pour moi. J'étais d'autant moins sur mes gardes que, quoique votre premier regard eût fait évanouir toutes mes préventions, et que je vous eusse trouvée charmante, un souris fin, j'ai presque dit malin, qui effleure souvent vos lèvres, me faisait douter de l'excellence de votre cœur. Aussi n'avez-vous pas oublié peut-être que, dans ce temps-là, j'osai vous dire plus d'une fois que votre mari m'était plus cher que vous; ce n'est pas que je n'éprouvasse dès lors une sorte de contradiction entre ma raison et mon cœur, et dont je m'étonnais moi-même, parce qu'elle m'avait toujours été étrangère. Je ne m'expliquais point comment, aimant votre mari davantage, je me sentais plus attiré vers vous; mais, à force de m'interroger à cet égard, je finis par me dire que, comme vous étiez plus aimable, il était tout simple que je préférasse votre conversation à la sienne, quoiqu'au fond je lui fusse plus réellement attaché. Peu à peu je découvris en vous non pas plus de bonté que dans M. d'Albe, nul être ne peut aller plus loin que lui sur ce point, mais une âme plus élevée, plus tendre et plus délicate; je vous vis alternativement douce, sublime, touchante, irrésistible; tout ce qu'il y a de beau et de grand vous est si naturel, qu'il faut vous voir de près pour vous apprécier, et la simplicité avec laquelle vous exercez les vertus les plus difficiles, les ferait paraître des qualités ordinaires aux yeux d'un observateur peu attentif. Dès lors je ne cessai plus de vous contempler; je m'enorgueillissais de mon admiration; je la regardais comme le premier des devoirs, puisque c'était la vertu qui me l'inspirait, et tandis que je croyais n'aimer qu'elle en vous, je m'enivrais de tous les poisons de l'amour. Claire, je l'avoue, dans ce temps-là, je sentis plusieurs fois près de vous des impressions si vives, qu'elles auraient pu m'éclairer; mais vous ignorez sans doute combien on est habile à se tromper soi-même, quand on pressent que la vérité nous arrachera à ce qui nous plaît; un instinct incompréhensible donne une subtilité à notre esprit qu'il avait ignorée jusqu'alors; à l'aide des sophismes les plus adroits, il éblouit la raison et subjugue la conscience. Cependant la mienne me parlait encore; j'éprouvais un mécontentement intérieur, un malaise confus, dont je ne voulais pas voir la véritable cause; ce fut sans doute le motif secret de la joie que je sentis à l'arrivée de mademoiselle de Raincy; en la voyant brillante de tous vos charmes, je lui prêtai toutes vos vertus, et je me crus sauvé. Je fus plusieurs jours séduit par sa figure, elle est plus régulièrement belle que vous; j'osai vous comparer... Ah! Claire, si la terre n'a rien de plus beau qu'Adèle, le ciel seul peut m'offrir votre modèle!

Vous m'estimez assez, j'espère, pour penser qu'il ne me fallut pas longtemps pour mesurer la distance qui sépare vos caractères; je me rappelle qu'un jour, où vous me fîtes son éloge, en me laissant entrevoir le dessein de nous unir, je fus humilié que vous pussiez penser qu'après vous avoir connue, je pusse me contenter d'Adèle, et que vous m'estimassiez assez peu pour croire que, si la beauté pouvait m'émouvoir, il ne me fallût pas autre chose pour me fixer. «O Claire! m'écriai-je souvent en m'adressant à votre image, si vous voulez qu'on puisse aimer une autre femme que vous, cessez d'être le parfait modèle qu'elles devraient toutes imiter: ne nous montrez plus qu'elles peuvent unir l'esprit à la franchise, l'activité à la douceur, et remplir avec dignité tous les petits devoirs auxquels leur sexe et leur sort les assujettissent...» Claire, je ne m'avouais point encore que je vous aimais; mais souvent, lorsque attiré vers vous par mon cœur, encouragé par la touchante expression de votre amitié, je me sentais prêt à vous serrer dans mes bras, par un mouvement dont je ne me rendais pas compte, je m'éloignais avec effort, je n'osais ni vous regarder, ni toucher votre main, je repoussais même jusqu'à l'impression de votre vêtement; enfin je faisais par instinct ce que j'aurais dû faire par raison: cependant un jour... Claire, oserai-je vous le dire? un jour vous me priâtes de dénouer les rubans de votre voile; en y travaillant, mes yeux fixèrent vos charmes, un mouvement plus prompt que la pensée m'attira, j'osai porter mes lèvres sur votre cou; je tenais Adolphe entre mes bras, vous crûtes que c'était lui; je ne vous détrompai pas, mais j'emportai un trouble dévorant, une agitation tumultueuse; j'entrevis la vérité, et j'eus horreur de moi-même.

Enfin ce jour, ce jour fatal où ma lâche faiblesse vous a appris ce que vous n'auriez jamais dû entendre, combien j'étais éloigné de penser qu'il dût finir ainsi! Dès le matin j'avais été parcourir la campagne, et m'élevant avec une piété sincère vers l'auteur de mon être, je l'avais conjuré de me garantir d'une séduction dont la cause était si belle et l'effet si funeste. Ces élans religieux me rendirent la paix; il me sembla que Dieu venait de se placer entre nous deux, et j'osai me rapprocher de vous.

De même qu'un calme parfait est souvent le précurseur des plus violentes tempêtes, un repos qui m'était inconnu depuis longtemps avait rempli ma journée. J'acceptai avec empressement la promenade proposée par M. d'Albe, afin de revoir cette nature, dont la bienfaisante influence m'avait été si salutaire le matin; mais je la revis avec vous, et elle ne fut plus la même: la terre ne m'offrait que l'empreinte de vos pas; le ciel, que l'air que vous respiriez; un voile d'amour répandu sur toute la nature m'enveloppait délicieusement, et me montrait votre image dans tous les objets que je fixais. Enfin, Claire, à cet instant où je vous vis prête à sacrifier vos jours pour votre fils, et où je craignis pour votre vie, alors seulement je sentis tout ce que vous étiez pour moi. Témoin de la sensibilité courageuse qui vous fit étancher une horrible blessure, de cette inépuisable bonté qui vous indiquait tous les moyens de consoler des malheureux, je me dis que le plus méprisable des êtres serait celui qui pourrait vous voir sans vous adorer, si ce n'était celui qui oserait vous le dire.

Ce fut dans ces dispositions, Claire, que je sortis de

cette chaumière où vous aviez paru comme une déité bien-faisante ; la faible lueur de la lune jetait sur l'univers quelque chose de mélancolique et de tendre ; l'air doux et embaumé était imprégné de volupté ; le calme qui régnait autour de nous n'était interrompu que par le chant plaintif du rossignol ; nous étions seuls au monde... Je devinai le danger, et j'eus la force de m'éloigner de vous ; ce fut alors que vous vous ap-prochâtes, je vous sentis et je fus perdu ; la vérité, renfer-mée avec effort, s'échappa brûlante de mon sein, et vous me vîtes aussi coupable, aussi malheureux qu'il est donné à un mortel de l'être. Dans ce moment où je ve-nais de me livrer avec frénésie à tout l'excès de ma pas-sion, dans ce moment où vous me rappeliez combien elle outrageait mon bienfaiteur, où l'image de mon in-gratitude, toute horrible qu'elle était, ne combattait que faiblement la puissance qui m'attirait vers vous, je vois mon père... Egaré, éperdu, je veux fuir ; vous m'ordon-nez de rentrer et de feindre : feindre, moi ! Je crus qu'il était plus facile de mourir que d'obéir, je me trompai, l'impossible n'est plus quand c'est Claire qui le com-mande ; son pouvoir sur moi est semblable à celui de Dieu même, il ne s'arrête que là où commence mon amour.

Claire, je ne veux pas vous tromper ; si dans vos projets sur moi vous faites entrer l'espoir de me guérir un jour, vous nourrissez une erreur; je ne puis ni ne veux cesser de vous aimer; non, je ne le veux point, il n'est aucune portion de moi-même qui combatte l'adoration que je te porte. Je veux t'aimer, parce que tu es ce qu'il y a de meilleur au monde, et que ma passion ne nuit à personne; je veux t'aimer enfin, parce que tu me l'ordonnes: ne m'as-tu pas dit de vivre?

Ecoutez, Claire, j'ai examiné mon cœur, et je ne crois point offenser mon père en vous aimant. De quel droit voudrait-il qu'on vous connût sans vous apprécier, et qu'est-ce que mon amour lui ôte? Ai-je jamais conçu l'espoir, ai-je même le désir que vous répondiez à ma tendresse? Ah, gardez-vous de le croire! j'en suis si loin, que ce serait pour moi le plus grand des malheurs; car ce serait le seul, l'unique moyen de m'arracher mon amour: Claire méprisable n'en serait plus digne; Claire méprisable ne serait plus vous; cessez d'être parfaite, cessez d'être vous-même, et de ce moment je ne vous crains plus.

D'après cette déclaration, étonnante peut-être, mais vraie, mais sincère, que risquez-vous en vous laissant aimer? Permettez-moi de toujours adorer la vertu et de lui prêter vos traits pour m'encourager à la suivre; alors il n'y a rien dont elle ne me rende capable. Ma raison, mon âme, ma conscience, ne sont plus qu'une emanation de vous; c'est à vous qu'appartient le soin de ma conduite future. Je vous remets mon existence entière, et vous rends responsable de la manière dont elle sera remplie ; si votre cruauté me repousse, s'il m'est défendu de vous approcher, tous les ressorts de mon être se détendent ; je tombe dans le néant. Eloigné de vous, je me perds dans un vague immense, où je ne distingue plus la vertu, l'humanité ni l'honneur. O céleste Claire ! laisse-moi te voir, t'entendre, t'adorer ; je serai grand, vertueux, magnanime ; un amour chaste comme le mien ne peut offenser personne, c'est un enfant du ciel à qui Dieu permet d'habiter la terre.

Je ne quitterai point ce séjour, j'y veux employer chaque instant de ma vie à vous imiter, en faisant le bonheur de mon père. Ce digne homme se plaît avec moi, il m'a prié de diriger les études de son fils. Claire, je m'attache à votre maison, à votre sort, à vos enfants ; je veux devenir une partie de vous-même, en dépit de vous-même : c'est là mon destin, je n'en aurai point d'autre ; ne me parlez plus de liens, de mariage, tout est fini pour moi, et ma vie est fixée.

Je vous promets de révérer en silence l'objet sacré de mon culte ; dévoré d'amour et de désirs, ni mes paroles, ni mes regards ne vous dévoileront mon trouble ; vous finirez par oublier ce que j'ai osé vous dire, et je vous jure de ne jamais vous rappeler ce souvenir. Claire, si ma situation vous paraissait pénible, si votre tendre cœur était ému de compassion, ne me plaignez point; il est dans votre dernier billet un mot!… Source d'une illusion ravissante, il m'a fait goûter un moment tout ce que l'humanité peut attendre de félicité! ô Claire! ne m'ôte point mon erreur! qu'y gagnerais-tu? Je sais que c'en est une, mais elle m'enchante, me console; c'est elle qui doit essuyer toutes mes larmes; laisse-moi ce bien précieux, ce n'était pas ta volonté de me le donner, je l'ai saisi afin de pouvoir t'obéir quand tu m'as commandé de vivre, aurais-tu la barbarie de me l'arracher?

LETTRE XXI

Claire à Frédéric

Votre lettre m'a fait pitié; si ce n'était celle d'un malheureux qu'il faut guérir, ce serait celle d'un insensé que je devrais chasser de chez moi; le délire de votre raison peut seul vous aveugler sur les contradictions dont elle est remplie. Ce mot que je devrais désavouer, ce mot qui seul vous a rattaché à la vie, n'est-il pas le même qui rendrait Claire méprisable à vos yeux, si elle osait le prononcer? Et jamais amour chaste fut-il dévoré de désirs, et déroba-t-il de coupables faveurs? Malheureux! rentrez en vous-même, votre cœur vous apprendra qu'il n'est point d'amour sans espoir, et que vous nourrissez le criminel désir de séduire la femme de votre bienfaiteur: il

77

se peut que la faiblesse que j'ai eue de vous écouter, de vous répondre, celle que j'ai de tolérer votre présence après l'inconcevable serment que vous faites de m'aimer toujours, autorise votre téméraire espoir; mais sachez que, quand même mon cœur m'échapperait, vous n'en seriez pas plus heureux, et que Claire serait morte avant d'être coupable.

Je répondrai dans un autre moment à votre lettre, je ne le puis à présent.

Lettre XXII

Claire à Elise

Ah! qu'as-tu dit, ma tendre amie! De quelle horrible lumière viens-tu frapper mes yeux? Qui, moi, j'aimerais! tu le penses, et tu me parles encore! et tu ne rougis pas de ce nom d'amie que j'ose te donner? Quoi! sous les yeux du plus respectable des hommes, mon époux, parjure à mes serments, j'aimerais le fils de son adoption? le fils que sa bonté a appelé ici, et que sa confiance a remis entre mes mains? Au lieu des vertueux conseils dont j'avais promis de pénétrer son cœur, je lui inspirerais une passion criminelle? Au lieu du modèle que je devais lui offrir, je la partagerais?... O honte! chaque mot que je trace est un crime, et j'en détourne la vue en frémissant. Dis, Elise, dis-moi, que faut-il faire? Si tu m'estimes encore assez pour me guider, soutiens-moi dans cet abîme dont tu viens de me découvrir toute l'horreur; je suis prête à tout; il n'est point de sacrifice que je ne fasse: faut-il cesser de le voir, le chasser, percer son cœur et le mien? je m'y résoudrai, la vertu m'est plus chère que ma vie, que la sienne... L'infortuné! dans quel état il est! Il se tait, il se consume en silence, et pour prix d'un pareil effort, je lui dirai: «Sors d'ici, va expirer de misère et de désespoir; tu ne voulais que me voir, ce seul bien te consolait de tout, eh bien, je te le refuse...» Elise, il me semble le voir les yeux attachés sur les miens: leur muette expression me dit tout ce qu'il éprouve, et tu m'ordonnerais d'y résister? Quoi! ne peut-on chérir l'honnêteté sans être barbare et dénaturée, et la vertu demanda-t-elle jamais des victimes humaines? Laisse, laisse-moi prendre des moyens plus doux; pourquoi déchirer les plaies, au lieu de les guérir? Sans doute je veux qu'il s'éloigne, mais il faut que mon amitié l'y prépare; il faut trouver un prétexte; le goût des voyages en est un; c'est une curiosité louable à son âge, et je ne doute pas que M. d'Albe ne consente à la satisfaire. Repose-toi sur moi, Elise, du soin de me séparer de Frédéric. Ah! j'y suis trop intéressée pour n'y pas réussir!

Comment t'exprimer ce que je souffre? Adèle est partie hier, et depuis ce moment, mon mari, inquiet sur ma santé, me quitte le moins qu'il peut; il faut que je dévore mes larmes; je tremble qu'il n'en voie la trace, et qu'il n'en devine la cause. Il s'étonne de ce que j'interdis ma chambre à tout le monde. «Ma bonne amie, me disait-il tout-à-l'heure, pourquoi n'admettre que moi et vos enfants auprès de vous? est-ce que mon Frédéric vous déplaît?» Cette question si simple m'a fait tressaillir; j'ai cru qu'il m'avait devinée et qu'il voulait me sonder. O tourments d'une conscience agitée! c'est ainsi que je soupçonne dans le plus vrai, le meilleur des hommes, une dissimulation dont je suis seule coupable; et je vois trop que la première peine du méchant est de croire que les autres lui ressemblent.

Lettre XXIII

Claire à Elise

Ce matin, pour la première fois, je me suis présentée au déjeuner. J'étais pâle et abattue, Frédéric était là, il lisait auprès de la cheminée. En me voyant entrer, il a changé de couleur, il a posé son livre, et s'est approché de moi; je n'ai point osé le regarder; mon mari a avancé un fauteuil; en le retournant, mes yeux se sont fixés sur la glace; j'ai rencontré ceux de Frédéric, et n'en pouvant soutenir l'expression, je suis tombée sans force sur mon siège. Frédéric s'est avancé avec effroi et M. d'Albe, aussi effrayé que lui, m'a remise entre ses bras, pendant qu'il allait chercher des sels dans ma chambre. Le bras de Frédéric était passé autour de mon corps ; je sentais sa main sur mon cœur, tout mon sang s'y est porté ; il le sentait battre avec violence. «Claire, m'a-t-il dit à demi-voix, et moi aussi, ce n'est plus que là qu'est le mouvement et la vie... Dis-moi, a-t-il ajouté en penchant son visage vers le mien, dis-moi, je t'en conjure, que ce n'est pas la haine qui le fait palpiter ainsi.» Elise, je respirais son souffle, j'en étais embrasée, je sentais ma tête s'égarer... Dans mon effroi, j'ai repoussé sa main, je me suis relevée : «Laissez-moi, lui ai-je dit, au nom du ciel, laissez-moi, vous ne savez pas le mal que vous me faites.» Mon mari est rentré, ses soins m'ont ranimée ; quand j'ai été un peu remise, il m'a exprimé toute l'inquiétude que mon état lui cause. «Je ne vous ai jamais vue si étrangement souffrante. Ma Claire, m'a-t-il dit, je crains que la cause de ce changement ne soit une révolution de lait ; laissez-moi, je vous en conjure, faire appeler quelque médecin éclairé.» Elise, mon cœur s'est brisé, il ne peut soutenir le pesant fardeau d'une dissimulation continuelle ; en voyant l'erreur où je plongeais mon mari, en sentant près de moi le complice trop aimé de ma faute, j'aurais voulu que la terre nous engloutît tous deux. J'ai pressé les mains de M. d'Albe sur mon front : «Mon ami, lui ai-je répondu, je me sens en effet bien malade, mais ne me refusez pas vos soins, guérissez-moi, sauvez-moi, remettez-moi en état de consacrer mes jours à votre bonheur; quels qu'en soient les moyens, soyez sûr de ma reconnaissance.» Il a paru surpris; j'ai frémi d'en avoir trop dit: alors, tâchant de lui donner le change, j'ai attribué au bruit et au grand jour la faiblesse de ma tête, et j'ai demandé à rentrer chez moi. Il a prié Frédéric de lui aider à me soutenir; je n'aurais pu refuser son bras sans éveiller des soupçons qu'il ne faut peut-être qu'un mot pour faire naître; mais, Elise, te le dirai-je? en levant les yeux sur Frédéric j'ai cru y voir quelque chose de moins triste que d'attendri; j'ai même cru y démêler un léger mouvement de plaisir... Ah! je n'en doute plus! ma faiblesse lui aura révélé mon secret. Mon trouble devant M. d'Albe ne lui aura point échappé; il aura vu mes combats, ils lui auront appris qu'il est aimé, et peut-être jouissait-il d'un désordre qui lui marquait son pouvoir... Elise, cette idée me rend à la fierté et au courage; crois-moi, je saurai me vaincre et le désabuser; il est temps que ce tourment finisse: ta lettre m'a dicté mon devoir, et du moins suis-je digne encore de t'entendre? Je vais lui écrire; oui, ma tendre amie, j'y suis résolue, il partira; qu'il se distraie, qu'il m'oublie, le ciel m'est témoin que ce vœu est sincère; et moi, pour retrouver des forces contre lui, je vais relire cette lettre où tu me peins les devoirs d'épouse et de mère sous des couleurs qu'il n'appartenait qu'à ma digne amie de savoir trouver. Adieu.

Lettre XXIV

Claire à Frédéric

J'ignore jusqu'où la vertu a perdu ses droits sur votre âme, et si l'amour que je vous inspire vous a dégradé au point de n'être plus capable d'une action courageuse et honnête; mais je vous déclare que si dans deux jours vous n'avez pas exécuté ce que je vais vous prescrire, Claire aura cessé de vous estimer.

Mon mari vous aime et en fait son bonheur; j'ai voulu, et je veux encore lui laisser ignorer un égarement qui détruirait son repos, et peut-être son amitié; mais en lui taisant la vérité, j'a dû m'imposer la loi d'agir comme il le ferait si elle lui était connue. Partez donc, Frédéric; quittez un lieu que vous remplissez de trouble, allez purifier votre cœur, et surtout, oubliez une femme que les plus saints devoirs vous ordonnaient de respecter; je ne vous reverrai qu'alors.

Le goût des voyages est un des plus vifs chez les jeunes gens; prenez ce prétexte pour vous éloigner d'ici; exprimez à votre père le désir d'aller vous instruire en parcourant de nouvelles contrées: l'excellent homme que vous offensez s'affligera de votre absence, mais sacrifiera son proper plaisir à celui d'un ingrat qui l'en récompense si mal. Aussitôt que vous aurez obtenu sa permission, que je hâterai de tous mes efforts, vous vous éloignerez

sans tarder. Je vous défends de me voir seule, je ne re-
cevrai point vos adieux; ne vous imaginez pas néanmoins
que je croie cette précaution nécessaire à mon
repos: non, l'honnêteté est un besoin pour moi et non
pas un effort; et si elle pouvait être jamais ébranlée, ce ne
serait pas par l'homme qui, se laissant dominer par un
penchant coupable, l'excuse au lieu de le combattre, et
humilie celle qui en est l'objet en la rendant cause de
l'avilissement où il est réduit.

Lettre XXV

Frédéric à Claire

Qu'est-il nécessaire d'insulter avec froideur la victime
qu'on dévoue à la mort? Qu'aviez-vous besoin, pour me
la donner, de me parler de votre haine? L'ordre de mon
départ suffisait; mais il vous était doux de me montrer à
quel point je vous suis odieux: je n'ai point reconnu
Claire à cette barbarie.

Vous le voyez, je suis de sang froid; votre lettre a glacé
les terribles agitations de mon sang, et je suis en état de
raisonner.

Pourquoi dois-je partir, Claire? Si c'est pour votre
époux, et que le sentiment que je porte en mon cœur soit
un outrage pour lui, où trouverez-vous un point de
l'univers où je puisse cesser de l'offenser? Sous les

pôles glacés, sous le brûlant tropique, tant que mon cœur battra dans mon sein, Claire y sera adorée, si c'est une froide pitié qui vous intéresse à moi, je la rejette. Ce n'est point elle qui trouvera les moyens d'adoucir mes maux, et vous me rendez trop malheureux, pour que je vous laisse l'arbitre de mon sort.

Claire, l'intérêt de votre repos pouvait seul me chasser d'ici; mais votre estime même est trop chère à ce prix, et s'il faut m'éloigner de vous, je ne connais plus qu'un asile.

Lettre XXVI

Claire à Elise

Où suis-je, Elise, et qu'ai-je fait? Une effrayante fatalité me poursuit; je vois le précipice où je me plonge, et il me semble qu'une main invisible m'y pousse malgré moi; c'était peu qu'un criminel amour eût corrompu mon cœur, il me manquait d'en faire l'aveu. Entraînée par une puissance contre laquelle je n'ai point de force, Frédéric connaît enfin l'excès d'une passion qui fait de ton amie la plus méprisable des créatures... Je ne sais pourquoi je t'écris encore; il est des situations qui ne comportent aucun soulagement, et ta pitié ne peut pas plus m'arracher mes remords, que tes conseils réparer ma faute. L'éternel repentir s'est attaché à mon cœur; il le déchire, il le dévore ; je n'ose mesurer l'abîme où je me perds, et je ne sais où poser les bornes de ma faiblesse... J'adore Frédéric, je ne vois plus que lui seul au monde ; il le sait, je me plais à le lui répéter : s'il était là, je le lui dirais encore, car dans l'égarement où je suis en proie, je ne me reconnais plus moi-même... Je voulais t'écrire tout ce qui vient de se passer ; mais je ne le puis, ma main tremblante peut à peine tracer ces lignes mal assurées... Dans un instant plus calme, peut-être... Ah ! qu'ai-je dit ? Le calme, la paix, il n'en est plus pour moi.

Lettre XXVII

Claire à Elise

Depuis trois jours, Elise, j'ai essayé en vain de t'écrire ; ma main se refusait à tracer les preuves de ma honte ; je le ferai pourtant, j'ai besoin de ton mépris, je le mérite et le demande ; ton indulgence me serait odieuse, ma faute ne doit pas rester impunie, et le pardon m'humilierait plus que les reproches. Songe, Elise, que tu ne peux plus m'aimer sans t'avilir, et laisse-moi la consolation de m'estimer encore dans mon amie.

La lettre de Frédéric,[10] que tu trouveras ci-jointe, m'avait rendu une sorte de dignité ; je m'étonnais d'avoir

---

[10]Lettre XXV [note in the French original]

pu craindre un homme qui osait me dire qu'il dédaignait mon estime : impatiente de lui prouver qu'il l'avait perdue, j'ai vaincu ma faiblesse pour paraître à dîner ; mon air était calme, froid et imposant ; j'ai fixé Frédéric avec hauteur, et, uniquement occupée de mon mari et de mes enfants, j'ai répondu à peine à deux ou trois questions qu'il m'a adressées, et je trouvais une jouissance cruelle à lui montrer le peu de cas que je faisais de lui. En sortant de table, Adolphe s'est assis sur mes genoux : il m'a rendu compte des différentes études qui l'avaient occupé pendant mon indisposition ; c'était toujours son cousin Frédéric qui lui avait appris ceci, cela ; jamais une leçon ne l'ennuie quand c'est son cousin Frédéric qui la donne. «C'est si amusant de lire avec lui, me disait mon fils ; il m'explique si bien ce que je ne comprends pas : cependant ce matin, il n'a jamais voulu m'apprendre ce que c'était que *la vertu* ; il m'a dit de te le demander, maman.» «C'est la force, mon fils, ai-je répondu, c'est le courage d'exécuter rigoureusement tout ce que nous sentons être bien, quelque peine que cela nous fasse ; c'est un mouvement grand, généreux, dont ton père t'offre souvent l'exemple, dont la seule idée m'attendrit, mais dont ton cousin ne pouvait pas te donner l'explication.» En disant ces derniers mots, que Frédéric seul a entendus, j'ai jeté sur lui un regard de dédain... O mon Elise ! il était pâle, des larmes roulaient dans ses yeux, tous ses traits

87

exprimaient le désespoir; mais, soumis à sa promesse de dissimuler toutes ses sensations devant mon mari, il continuait à causer avec une apparence de tranquillité. M. d'Albe, les yeux fixés sur un livre, ne remarquait pas l'état de son ami, et répondait sans le regarder. Pour moi, Elise, dès cet instant, toutes mes résolutions furent changées; je trouvai que j'avais été dure et barbare : j'aurais donné ma vie pour adresser à Frédéric un mot tendre qui pût réparer le mal que je lui avais fait et, pour la première fois, je souhaitai de voir sortir M. d'Albe... Le jour baissait; plongée dans la rêverie, j'avais cessé de causer, et mon mari n'y voyant plus à lire me demande un peu de musique. J'y consens; Frédéric m'apporte ma harpe: je chante, je ne sais trop quoi; je me souviens seulement que c'était une romance, que Frédéric versait des pleurs, et que les miens, que je retenais avec effort, m'étouffaient en retombant sur mon cœur. A cet instant, Elise, un homme vient demander mon mari; il sort, un instinct confus du danger où je suis me fait lever précipitamment pour le suivre; ma robe s'accroche aux pédales, je fais un faux pas, je tombe, Frédéric me reçoit dans ses bras. Je veux appeler, les sanglots éteignent ma voix, il me presse fortement sur son sein... A ce moment tout a disparu, devoirs, époux, honneur; Frédéric était l'univers, et l'amour, le délicieux amour, mon unique pensée. «Claire, s'est-il écrié un mot, un seul mot: dis quel sentiment t'agite?» «Ah! lui ai-je répondu éperdue, si tu veux le savoir, crée-moi donc des expressions pour le peindre!» Alors je suis retombée sur mon fauteuil; il s'est précipité à mes pieds; je sentais ses bras autour de mon corps, la tête appuyée sur son front, respirant son haleine, je ne résistais plus. «O femme idolâtrée! a-t-il dit, quelles inexprimables délices j'éprouve en ce moment; la félicité suprême est dans mon âme: oui, tu m'aimes, oui, j'en suis sûr; le délire de bonheur où je suis n'était réservé qu'au mortel préféré par toi. Ah! que je l'entende encore de ta bouche adorée, ce mot dont la seule espérance a porté l'ivresse dans tous mes sens!» «Si je t'aime, Frédéric! oses-tu le demander? imagine ce que doit être une passion qui réduit Claire dans l'état où tu la vois: oui, je t'aime avec ardeur, avec violence, et dans ce moment même, où j'oublie pour te le dire les plus sacrés devoirs, je jouis de l'excès d'une faiblesse qui te prouve celui de mon amour.» O souvenir ineffaçable de plaisir et de honte! A cet instant les lèvres de Frédéric ont touché les miennes; j'étais perdue, si la vertu, par un dernier effort, n'eût déchiré le voile de volupté dont j'étais enveloppée: m'arrachant d'entre les bras de Frédéric, je suis tombée à ses pieds. «Oh! épargne-moi, je t'en conjure, me suis-je écriée; ne me rends pas vile, afin que tu puisses m'aimer encore. Dans ce moment de trouble, où je suis entièrement soumise à ton pouvoir, tu peux, je le sais, remporter une facile victoire, mais, si je suis à toi aujourd'hui, demain je serai dans la tombe ; je le jure au nom de l'honneur que j'outrage, mais qui est plus nécessaire à l'âme de Claire que l'air qu'elle respire : Frédéric, Frédéric, contemple-la, prosternée, humiliée à tes pieds, et mérite son éternelle reconnaissance en ne la rendant pas la dernière des créatures ! » « Lève-toi, m'a-t-il dit en s'éloignant, femme angélique, objet de ma profonde vénération et de mon immortel amour ! Ton amant ne résiste point à l'accent de ta douleur ; mais, au nom de ce ciel dont tu es l'image, n'oublie pas que le plus grand sacrifice dont la force humaine soit capable, tu viens de l'obtenir de moi. » Il est sorti avec précipitation ; je suis rentrée chez moi égarée ; un long évanouissement a succédé à ces vives agitations : en recouvrant mes sens, j'ai vu mon époux près de mon lit, je l'ai repoussé avec effroi, j'ai cru voir le souverain arbitre des destinées qui allait prononcer mon arrêt. « Qu'avez-vous, Claire ; m'a-t-il dit d'un ton douloureux, chère et tendre amie, c'est votre époux qui vous tend les bras. » J'ai gardé le silence, j'ai senti que si j'avais parlé j'aurais tout dit : peut-être l'aurais je dû, mon instinct m'y poussait, l'aveu a erré sur mes lèvres ; mais la réflexion l'a retenu.[11] Loin de moi cette

---

[11]Claire here considers, then rejects, the celebrated strategy of Lafayette's princess of Clèves, who seeks to prove her fidelity to her husband by a confession (*aveu*) admitting her love for another man.

franchise barbare, qui soulageait mon cœur aux dépens de mon digne époux! En me taisant je reste chargée de mon malheur et du sien; la vérité lui rendrait la part des chagrins qui doivent être mon seul partage. Homme trop respectable! vous ne supporteriez pas l'idée de savoir votre femme, votre amie, en proie aux tourments d'une passion criminelle; et l'obligation de mépriser celle qui faisait votre gloire, et de chasser de votre maison celui que vous aviez placé dans votre cœur, empoisonnerait vos derniers jours: je verrais votre visage vénérable, où ne se peignit jamais que la bienfaisance et l'humanité, altéré par le regret de n'avoir aimé que des ingrats, et couvert de la honte que j'aurais répandue sur lui; je vous entendrais appeler une mort que le chagrin accélérerait peut-être, et je joindrais ainsi au remords du parjure tout le poids d'un homicide. O misérable Claire! ton sang ne se glace-t-il pas à l'aspect d'une pareille image? est-ce bien toi qui es parvenue à ce comble d'horreur? et peux-tu te reconnaître dans la femme infidèle qui n'oserait avouer ce qui se passe dans son cœur, sans porter la mort dans celui de son époux? Quoi! un pareil tableau ne te fera-t-il pas abjurer la détestable passion qui te consume? ne te fera-t-il pas abhorrer l'odieux complice de ta faute, Frédéric!... Frédéric! qu'ai-je dit? moi, le haïr! moi, renoncer à ce bonheur pour lequel il n'est point d'expression! à ce bonheur de l'entendre dire qu'il m'aime! le

91

chasser de cet asile, ne plus l'espérer, ni le voir, ni l'entendre? Hé! quels sont les crimes qui ne seraient pas trop punis par de pareils sacrifices? et comment ai-je mérité de me les imposer? Retirée du monde, j'étais paisible dans ma retraite; heureuse du bonheur de mon mari, je ne formais aucun désir: il m'amène un jeune homme charmant, doué de tout ce que la vertu a de grand, l'esprit d'aimable, la candeur de séduisant; il me demande mon amitié pour lui, il nous laisse sans cesse ensemble; le matin, le soir, partout je le vois, partout je le trouve; toujours seuls, sous des ombrages, au milieu des charmes d'une nature qui s'anime, il aurait fallu que nous fussions nés pour nous haïr, si nous ne nous étions pas aimés. Imprudent époux! pourquoi réunir ainsi deux êtres, qu'une sympathie mutuelle attirait l'un vers l'autre? deux êtres qui, vierges à l'amour, pouvaient en ressentir toutes les premières impressions sans s'en douter? pourquoi surtout les envelopper de ce dangereux voile d'amitié, qui devait être un si long prétexte pour se cacher leurs vrais sentiments? C'était à vous, à votre expérience, à prévoir le danger et à nous en réserver: loin de là, quand votre main elle-même nous en approche, le couvre de fleurs et nous y pousse; pourquoi, terrible et menaçant, venir nous reprocher une faute qui est la votre, et nous ordonner de l'expier par le plus douloureux supplice?... Qu'ai-je dit, Elise? C'est Frédéric que j'aime, et c'est mon époux que j'accuse? Ce Frédéric qui m'a vue entre ses bras, faible et sans défense, c'est lui que je veux garder ici? O Elise! tu seras bien changée si tu reconnais ton amie dans celle qu'une pareille situation peut laisser incertaine sur le parti qu'elle doit prendre.

LETTRE XXVIII

Frédéric à Claire

Femme, femme trop enchanteresse, qui es-tu pour faire entrer dans mon cœur les sentiments les plus opposés? pour me faire passer tout à coup de l'excès du bonheur à celui de l'infortune? Ces yeux si touchants, qu'il est impossible de regarder sans la plus vive emotion, ces yeux qui n'appartiennent qu'à Claire, l'idole chérie de mon cœur, la première femme que j'aie aimée, la seule que j'aimerai jamais; ces yeux où elle me permettait hier de lire l'expression de la tendresse, sont voilés aujourd'hui par la douleur et la sévérité; et mon âme où tu règnes despotiquement, mon âme, qui n'a maintenant plus de sentiments que tu n'aies fait naître, gémis de ta peine sans en connaître la cause. O ma douce, ma charmante amie! garde-toi bien de te croire coupable, ni de t'affliger du bonheur que tu m'as donné; le repentir ne doit point entrer dans une âme dont le mal n'approcha jamais. Toi, craindre le crime, Claire! ton seul regard le tuerait. Femme adorée et trop craintive, oses-tu penser que la divinité qui te forma à son image, nous entraîne vers le vice par tout ce que la félicité a de plus doux? Non, non; ces élans, ces transports, ces émotions enchanteresses, me rassurent contre le remords, et je me sens trop heureux pour me croire criminel. Ah! laisse-moi retrouver ces instants où, t'enlaçant dans mes bras, et respirant ton souffle, j'ai recueilli sur tes lèvres tout ce que l'immensité de l'univers et de la vie peut donner de félicité à un mortel.

Claire, tu m'as éloigné de toi, mais je ne t'ai point quittée; mon imagination te plaçait sur mon sein, je t'inondais de caresses et de larmes; ma bouche avide pressait la tienne; Claire ne s'en défendait point, Claire partageait mes transports; sans autre guide que son cœur et la nature, elle oubliait le monde, ne sentait que l'amour, ne voyait que son amant; nous étions dans les cieux. Ah! Claire, ce n'est pas là qu'est le crime.

Claire, je t'idolâtre avec frénésie, ton image me dévore, ton approche me brûle; trop de feux me consument: il faut mourir ou les satisfaire. Laisse-moi te voir, je t'en conjure, ne me fuis point, laisse-moi te presser encore une fois entre mes bras; je les étends pour te saisir, mais c'est une ombre qui m'échappe. Je t'écris à genoux, mon papier est baigné de mes pleurs; ô

Claire! un de tes baisers, un seul encore; il est des plaisirs trop vifs pour pouvoir les goûter deux fois sans mourir.

LETTRE XXIX

Frédéric à Claire

Je ne puis dormir; j'erre dans ta maison, je cherche la dernière place que tu as occupée; ma bouche presse ce fauteuil où ton bras reposa longtemps je m'empare de cette fleur échappée de ton sein; je baise la trace de tes pas, je m'approche de l'appartement où tu dors, de ce sanctuaire qui serait l'objet de mes ardents désirs, s'il n'était celui de mon profond respect. Mes larmes baignent le seuil de ta porte; j'écoute si le silence de la nuit ne me laissera pas recueillir quelqu'un de tes mouvements... J'écoute... O Claire, Claire! je n'en doute pas, j'ai entendu des sanglots. Mon amie, tu pleures, qui peut donc causer ta peine ?[12] Quand je te dois un bonheur dont le reste du monde ne peut concevoir l'idée, puisque nul mortel ne fut aimé de toi, qui peut t'affliger encore? Claire, que ton amour est faible, s'il te laisse une pensée ou un sentiment qui ne soit pas pour lui, et si sa puissance

---

[12]S'il ne faisait pas cette question, il serait un monstre ; car la folie de l'amour ne serait pas complète [note in the French original].

n'a pas anéanti toutes les autres facultés de ton âme! pour moi il n'est plus de passé ni d'avenir: absorbé par toi, je ne vois que toi; je n'ai plus un instant de ma vie qui ne soit à toi; tous les autres êtres sont nuls et anéantis; ils passent devant moi comme des ombres, je n'ai plus de sens pour les voir, ni de cœur pour les aimer. Amitié, devoir, reconnaissance, je ne sens plus rien; l'amour, l'ardent amour a tout dévoré; il a réuni en un seul point toutes les parties sensibles de mon être, et il y a placé l'image de Claire. C'est là le temple où je te recueille, où je t'adore en silence quand tu es loin de moi; mais si j'entends le son de ta voix, si tu fais un mouvement, si mes regards rencontrent tes regards, si je te presse doucement sur mon sein..., alors ce n'est plus seulement mon cœur qui palpite, c'est tout mon être, c'est tout mon sang, qui frémissent de désir et de plaisir; un torrent de volupté sort de tes yeux et vient inonder mon âme. Perdu d'amour et de tendresse, je sens que tout moi s'élance vers toi; je voudrais te couvrir de baisers, recevoir ton haleine, te tenir dans mes bras, sentir ton cœur battre contre mon cœur, et m'abîmer avec toi dans un océan de bonheur et de vie... Mais, ô ma Claire! seule tu réunis ce mélange inconcevable de décence et de volupté qui éloigne et attire sans cesse, et qui éternise l'amour. Seule tu réunis ce qui commande le respect et ce qui allume les désirs; mais comment exprimer ce qu'est et ce qu'inspire une femme enchanteresse, la plus parfaite de toutes les créatures, l'image vivante de la divinité, et quelle langue sera digne d'elle? Je sens que mes idées se troublent devant toi comme devant un ange descendu du ciel: rempli de ton image adorée, je n'ai plus d'autre sentiment que l'amour et l'adoration de tes perfections; toute autre pensée que la tienne s'évanouit; en vain je cherche à les fixer, à les rassembler, à les éclaircir; en vain je cherche à tracer quelques lignes qui te peignent ce que je sens: les termes me manquent; ma plume se traîne péniblement, et si mon premier besoin n'était pas de verser dans ton cœur tous les sentiments qui m'oppressent, effrayé de la grandeur de ma tâche, je me tairais, accablé sous ta puissance, et sentant trop pour pouvoir penser.

Lettre XXX

Claire à Frédéric

Non, je ne vous verrai point; trop de présomption m'a perdue, et je suis payée pour n'oser plus me fier à moi-même. Je vous écris, parce que j'ai beaucoup à vous dire, et qu'il faut un terme enfin à l'état affreux où nous sommes.

Je devrais commencer par vous ordonner de ne plus m'écrire, car ces lettres si tendres, malgré moi, je les presse sur mes lèvres, je les pose contre mon cœur, c'est du poison qu'elles respirent... Frédéric, je vous aime, et n'ai jamais aimé que vous; l'image de votre bonheur, de ce bonheur que vous me demandez et que je pourrais faire, égare mes sens et trouble ma raison; pour le satisfaire, je compterais pour rien la vie, l'honneur, et jusqu'à ma destinée future: vous rendre heureux et mourir après, ce serait tout pour Claire, elle aurait assez vécu; mais acheter votre bonheur par une perfidie! Frédéric, vous ne le voudriez pas... Insensé, tu veux que Claire soit à toi, uniquement à toi; est-elle donc libre de se donner? s'appartient-elle encore? Si tes yeux osent se fixer sur ce ciel que nous outrageons, tu y verras les serments qu'elle a faits, c'est là qu'ils sont écrits! Et qui veux-tu qu'elle trahisse? son époux et ton bienfaiteur, celui qui t'a appelé dans son sein, qui te nourrit, qui t'éleva et qui t'aime; celui dont la confiance a remis dans nos mains le dépôt de son bonheur. Un assassin ne lui ôterait que la vie, et toi, pour prix de ses bontés, tu veux souiller son asile, ravir sa compagne, remplacer par l'adultère et la trahison la candeur et la vertu qui régnaient ici, et que tu en as chassées. Ose te regarder, Frédéric, et dis, qu'est-ce qu'un monstre ferait de plus que toi? Quoi! ton cœur est-il sourd à cette voix qui te crie que tu violes l'hospitalité et la reconnaissance? Ton regard ose-t-il se porter sur cet homme respectable que tu dois frémir de nommer ton père? ta main peut-elle presser la sienne sans être déchirée d'épines? Enfin, n'as-tu rien senti en voyant hier des larmes dans ses yeux? Ah! que n'ai-je pu les payer de tout mon sang; tu étais agité, j'étais pâle et tremblante. Il a tout vu, il sait tout, c'en est fait, et l'innocent porte la peine due au vice! Malheureuse Claire! était-ce donc pour empoisonner sa vie que tu juras de lui consacrer la tienne? Femme perfide, te sied-il d'accuser un autre, quand tu es toi-même si coupable? Frédéric, vous fûtes faible et je suis criminelle; il me semble que toute la nature crie après moi et me réprouve; je n'ose regarder ni le ciel, ni vous, ni mon époux, ni moi-même. Si je veux embrasser mes enfants, je rougis de les presser contre un cœur dont l'innocence est bannie; les objets qui me sont les plus chers sont ceux que je repousse avec le plus d'effroi... Toi-même, Frédéric, c'est parce que je t'adore que tu m'es odieux; c'est parce que je n'ai plus de forces pour te résister que ta présence me fait mourir; et mon amour ne me paraît un crime, que parce que je brûle de m'y livrer. O Frédéric! éloigne-toi, si ce n'est pas par devoir, que ce soit par pitié: ta vue est un reproche dont je ne peux plus supporter le tourment; si ma vie et la vertu te sont chères, fuis sans tarder davantage: quelles que soient tes résolutions, de quelque force que l'honneur les soutienne, elles ne résisteraient point à l'occasion ni à l'amour; songe, Frédéric, qu'un instant peut faire de toi le dernier des hommes, et me faire mourir déshonorée, et que, si après y avoir pensé, il était nécessaire de te répéter encore de fuir, tu serais si vil à mes yeux, que je ne te craindrais plus.

Je vous le répète, je suis sûre que mon mari a tout deviné, ainsi je n'ai malheureusement plus à redouter les soupçons que votre départ peut occasionner. D'ailleurs, vous savez que les affaires d'Elise s'accumulent de plus en plus, et lui donnent le besoin d'un aide: soyez le sien, Frédéric, devenez utile à mon amie, allez mériter d'elle le pardon des maux que vous m'avez faits; vous trouverez dans cette femme chérie une autre Claire, mais sans faiblesse et sans erreurs. Montrez-vous tel à ses yeux, qu'elle puisse dire qu'il n'y avait qu'une Elise ou un ange capable de vous résister; que vos vertus m'obtiennent ma grâce, et que votre travail me rende mon amie; que ce soit à vous que je doive son retour ici, afin que chaque heure, chaque minute où je jouirai d'elle, soit un bienfait que je vous doive, et que je puisse remonter à vous comme à la source de ma félicité. Frédéric, il dépend de vous que je m'enorgueillisse de la tendresse que j'éprouve et de celle que j'inspire; élevez-vous par elle au-dessus de vous-même; qu'elle vous rattache à toutes les idées de vertu et d'honneur, pour que je puisse fixer mes yeux sur vous chaque fois que l'idée du bien se présentera. Enfin, en devenant le plus grand et le meilleur des hommes, forcez ma conscience à se taire, pour qu'elle laisse mon cœur vous aimer sans remords. O Frédéric! s'il est vrai que je te sois chère, apprends de moi à chérir assez notre amour pour ne le souiller jamais par rien de bas ni de méprisable. Si tu es tout pour moi, mon univers, mon bonheur, le dieu que j'adore; si la nature entière ne me présente plus que ton image; si c'est par toi seul que j'existe, et pour toi seul que je respire; si ce cri de mon cœur, qu'il ne m'est plus possible de retenir, t'apprend une faible partie du sentiment qui m'entraîne, je ne suis point coupable. Ai-je pu l'empêcher de naître? suis-je maîtresse de l'anéantir? Dépend-il de moi d'éteindre ce qu'une puissance supérieure alluma dans mon sein? Mais, de ce que je ne puis donner de pareils sentiments à mon époux, s'ensuit-il que je ne doive point lui garder la foi jurée? Oserais-tu le dire, Frédéric, oserais-tu le vouloir? L'idée de Claire livrée à l'opprobre ne glace-t-elle pas tous tes désirs, et ton amour n'a-t-il pas plus besoin encore d'estime que de jouissance? Non, non, je la connais bien cette âme qui s'est donnée à moi; c'est parce que je la connais que je t'ai adoré. Je sais qu'il n'est point de sacrifice au-dessus de ton courage, et quand je t'aurai rappelé que l'honneur commande que tu partes et que le repos de Claire l'exige, Frédéric n'hésitera pas.

Lettre XXXI

Frédéric à Claire

J'ai lu votre lettre, et la vérité, la cruelle vérité, a détruit les prestiges enchanteurs dont je me berçais; les tortures de l'enfer sont dans mon cœur, l'abîme du désespoir s'est ouvert devant moi, Claire ordonne que je m'y précipite, je partirai.

Ce sacrifice, que la vertu ne m'eut jamais fait faire, et que vous seule pouviez obtenir de moi, ce sacrifice auquel nul autre ne peut être comparé, puisqu'il n'y a qu'une Claire au monde, et qu'un cœur comme le mien pour l'aimer; ce sacrifice, dont je ne peux moi-même mesurer l'étendue, quel que soit le mal qu'il me cause, je te jure, ô ma Claire! de ne jamais attenter à des jours qui te sont consacrés et qui t'appartiennent; mais si la douleur, plus forte que mon courage, dessèche les sources de ma vie, me fait succomber sous le poids de ton absence, promets-moi, Claire, de me pardonner ma mort, et de ne point haïr ma mémoire. Sois sûre que l'infortuné qui t'adore eût préféré t'obéir, en se dévouant à des tourments éternels et inouis, que de descendre dans la paix du tombeau que tu lui refuses.

Lettre XXXII

Claire à Elise

Elise, il me quitte demain, et c'est chez toi que je l'envoie; en le remettant dans tes bras, je tiens encore à lui, et, près de mon amie, il ne m'aura pas perdue tout à fait. Soulage sa douleur, conserve-lui la vie, et, s'il est possible, fais plus encore, arrache-moi de son cœur. Elise, Elise, que l'objet de ma tendresse ne soit pas celui de ton inimitié; pourquoi le mépriserais-tu, puisque tu m'estimes encore? Pourquoi le haïr quand tu m'aimes toujours? Pourquoi ton injustice l'accuse-t-elle plus que moi? S'il a troublé ma paix, n'ai-je pas empoisonné son cœur? Ne sommes-nous pas également coupables? que dis-je? ne le suis-je pas bien plus? Son amour l'emporte-t-il sur le mien? ne suis-je pas dévorée en secret des mêmes désirs que lui? Il voulait que Claire lui appartînt; hé! ne s'est-elle pas donnée mille fois à lui dans son cœur? Enfin, que peux-tu lui reprocher dont je sois innocente? Nos torts sont égaux, Elise, et nos devoirs ne l'étaient pas: j'étais épouse et mère, il était sans liens; je connaissais le monde, il n'avait aucune expérience; mon sort était fixé, et mon cœur rempli; lui, à l'aurore de sa vie, dans l'effervescence des passions, on le jette à dix-neuf ans dans une solitude délicieuse, près d'une femme qui lui prodigue la plus tendre amitié, près d'une femme jeune et sensible, et qui l'a peut-être devancé dans un coupable amour. J'étais épouse et mère, Elise, et ni ce que je devais à mon époux, à mes enfants, ni respect humain, ni devoirs sacrés, rien ne m'a retenue; j'ai vu Frédéric, et j'ai été séduite. Quand les titres les plus saints n'ont pu me préserver de l'erreur, tu lui ferais un crime d'y être tombé? Quand tu me crois plus malheureuse que coupable, l'infortuné qui fut appelé ici comme une victime, et qui s'en arrache par un effort dont je n'aurais pas été capable peut-être, ne deviendrait pas l'objet de ta plus tendre indulgence et de ton ardente pitié? O mon Elise! recueille-le dans ton sein; que ta main essuie ses larmes. Songe qu'à dix-neuf ans, il n'a connu des passions que les douleurs qu'elles causent et le vide qu'elles laissent; qu'anéanti par ce coup, il aurait terminé ses jours s'il n'avait craint pour les miens. Songe, Elise, que tu lui dois ma vie... Tu lui dois plus peut-être; il m'a respectée quand je ne me respectais plus moi-même; il a su contenir ses transports, quand je ne rougissais pas d'exhaler les miens; enfin, s'il n'était pas le plus noble des hommes, ton amie serait peut-être à présent la plus vile des créatures.

Lettre XXXIII

Claire à Elise

Inexprimables mouvements du cœur humain! Il est parti, Elise, et je n'ai pas versé une larme; il est parti, et il semble que ce départ m'ait donné une nouvelle vie; j'éprouve une force inconnue qui me commande une activité continuelle; je ne puis rester en place, ni garder le silence, ni dormir; le repos m'est impossible, et je sens que la gaieté même est plus près de moi que le calme. J'ai ri, j'ai plaisanté avec mon mari, j'étais montée sur un ton extraordinaire; je ne savais pas ce que je faisais; je ne me reconnaissais plus moi-même. Si tu pouvais voir comme je suis loin d'être triste; je n'éprouve pas non plus cette satisfaction douce et paisible qui naît de l'idée d'avoir fait son devoir, mais quelque chose de désordonné et de dévorant, qui ressemblerait à la fièvre, si je n'étais d'ailleurs en parfaite santé. Croirais-tu que je n'ai aucune impatience d'avoir de ses nouvelles, et que je suis aussi indifférente sur ce qui le regarde, que sur tout le reste du monde? Je t'assure, mon Elise, que ce départ m'a fait beaucoup de bien, et je me crois absolument guérie... N'est-ce pas ce matin qu'il nous a quittés? Je ne sais plus comment marche le temps: il me semble que tout ce qui s'est passé dans mon âme depuis hier n'a pu avoir lieu dans un espace aussi court... Cependant, il est

105

bien vrai, c'est ce matin que Frédéric s'est arraché d'ici; je n'ai compté que douze heures depuis son départ, pourquoi donc le son de l'airain a-t-il pris quelque chose de si lugubre? Chaque fois qu'il retentit, j'éprouve un frémissement involontaire... Pauvre Frédéric! chaque coup t'éloigne de moi; chaque instant qui s'écoule repousse vers le passé l'instant où je te voyais encore; le temps l'éloigne, le dévore: ce n'est plus qu'une ombre fugitive que je ne puis saisir, et ces heures de félicité que je passais près de toi, sont déjà englouties par le néant. Accablante vérité! Les jours vont se succéder; l'ordre général ne sera pas interrompu, et pourtant tu seras loin d'ici. La lumière reparaîtra sans toi, et mes tristes yeux ouverts sur l'univers n'y verront plus le seul être qui l'habite. Quel désert, mon Elise! Je me perds dans une immensité sans rivage; je suis accablée de l'éternité de la vie; c'est en vain que je me débats pour échapper à moi-même, je succombe sous le poids d'une heure, et pour aiguiser mon mal, la pensée, comme un vautour déchirant, vient m'entourer de toutes celles qui me sont encore réservées... Mais pourquoi te dis-je tout cela? Mon projet était autre: je voulais te parler de son départ; qu'est-ce donc qui m'arrête? Lorsque je veux fixer ma pensée sur ce sujet, un instinct confus le repousse; il me semble, quand la nuit m'environne, et que le sommeil pèse sur l'univers, que peut-être ce départ aussi n'est

106

qu'un songe... mais je ne puis m'abuser plus longtemps : il est trop vrai, Frédéric est parti, ma main glacée est restée sans mouvement dans la sienne ; mes yeux n'ont pas eu une larme à lui donner, ni ma bouche, un mot à lui dire... J'ai vu sur ces lambris son ombre paraître et s'effacer pour jamais ; j'ai entendu le seuil de la porte retentir sous ses derniers pas, et le bruit de la voiture qui l'emportait, se perdre peu à peu dans le vide et le néant... Mon Elise, j'ai été obligée de suspendre ma lettre ; je souffrais d'un mal singulier ; c'est le seul qui me reste, j'en guérirai sans doute. J'éprouve un étouffement insupportable, les artères de mon cœur se gonflent, je n'ai plus de place pour respirer, il me faut de l'air : j'ai été dans le jardin ; déjà la fraîcheur commençait à me soulager, lorsque j'ai vu de la lumière dans l'appartement de M. d'Albe ; j'ai cru même l'apercevoir à travers ses croisées, et, dans la crainte qu'il n'attribuât au départ de Frédéric la cause qui troublait mon repos, je me suis hâtée de rentrer ; mais, hélas ! mon Elise, je suis presque sûre, non seulement qu'il m'a vue, mais qu'il sait tout ce qui se passe dans mon cœur. J'avais espéré pourtant l'arracher au soupçon en parlant la première du départ de Frédéric, et, par un effort, dont son intérêt seul pouvait me rendre capable, je le fis sans trouble et sans embarras. Dès le premier mot, je crus voir un léger signe de joie dans ses yeux ; cependant il me demanda gravement quels motifs me faisaient approuver ce projet; je lui répondis que tes affaires demandant un aide, et ce moment-ci étant un temps de vacance pour la manufacture, je pensais que c'était celui où Frédéric pouvait le plus s'absenter; que pour moi, je souhaitais vivement qu'il allât t'aider à venir plus tôt ici. Frédéric était là quand j'avais commencé à parler, mais il n'avait pas dit un mot; il attendait, pâle, et les yeux baissés, la réponse de M. d'Albe; celui-ci, nous regardant fixément tous deux, me répondit: «Pourquoi n'irais-je pas à la place de Frédéric? J'entends mieux que lui le genre d'affaires de votre amie, au lieu qu'il est en état de suivre les miennes ici; d'ailleurs il dirige les études d'Adolphe avec un zèle dont je suis très satisfait, et j'ai été touché plus d'une fois en le voyant auprès de cet enfant user d'une patience qui prouve toute sa tendresse pour le père…» Ces mots ont attéré Frédéric. Il est affreux sans doute de recevoir un éloge de la bouche de l'ami qu'on trahit, et une estime que le cœur dément avilit plus que l'aveu même d'avoir cessé de la mériter. Nous avons tous gardé le silence; mon mari attendait une réponse, ne la recevant pas, il a interrogé Frédéric. «Que décidez-vous, mon ami? a-t-il dit; est-ce à vous de rester, est-ce à moi de partir?» Frédéric s'est précipité à ses pieds, et les baignant de larmes: «Je partirai, s'est-il écrié avec un accent éner-gique et déchirant, je partirai, mon père, et du moins une fois serai-je digne de vous!» M. d'Albe, sans avoir l'air de comprendre ces derniers mots ni en demander l'explication, l'a relevé avec tendresse, et le pressant dans ses bras: «Pars, mon fils, lui a-t-il dit; souviens-toi de ton père, sers la vertu de tout ton courage, et ne reviens que quand le but de ton voyage sera rempli. Claire, a-t-il ajouté en se retournant vers moi, recevez ses adieux et la promesse que je fais en son nom, de ne jamais oublier la femme de son ami, la respectable mère de famille; ce sont là les traits qui ont dû vous graver dans son âme: l'image de votre beauté pourra s'effacer de sa mémoire, mais celle de vos vertus y vivra toujours. Mon fils, a-t-il continué, je me charge du soin de vous parler de vos amis, il me sera si doux à remplir, que je le réserve pour moi seul...» Ce mot, Elise, est une défense, je l'ai trop entendu; mais je n'en avais pas besoin: quand je me sépare de Frédéric, nul n'a le droit de douter de mon courage. Ah! sans doute, cet inconcevable effort me relève de ma faiblesse, et plus le penchant était irrésistible, plus le triomphe est glorieux! Non, non, si le cœur de Claire fut trop tendre pour être à l'abri d'un sentiment coupable, il est trop grand peut-être pour être soupçonné d'une lâcheté. Pourquoi M. d'Albe paraissait-il donc craindre de me laisser seule avec Frédéric dans ces derniers moments? Croyait-il que je ne saurais pas accomplir le sacrifice en entier? ne m'a-t-il pas vue regarder d'un œil sec tous les apprêts de ce départ? ma fermeté m'a-t-elle abandonnée depuis? Enfin, Elise, le croiras-tu, je n'ai point senti le besoin d'être seule, et de tout le jour je n'ai pas quitté M. d'Albe; j'ai soutenu la conversation avec une aisance, une vivacité, une volubilité qui ne m'est pas ordinaire; je parlais de Frédéric comme d'un autre, je crois même que j'ai plaisanté; j'ai joué avec mes enfants, et tout cela, Elise, se faisait sans effort; il y a seulement un peu de trouble dans mes idées, et je sens qu'il m'arrive quelquefois de parler sans penser. Je crains que M. d'Albe n'ait imaginé qu'il y avait de la contrainte dans ma conduite, car il n'a cessé de me regarder avec tristesse et sollicitude; le soir il a passé la main sur mon front, et l'ayant trouvé brûlant: «Vous n'êtes pas bien, Claire, m'a-t-il dit, je vous crois même un peu de fièvre; allez vous reposer, mon enfant.» «En effet, ai-je repris, je crois avoir besoin de sommeil.» Mais ayant fixé la glace en prononçant ces mots, j'ai vu que le brillant extraordinaire de mes yeux démentait ce que je venais de dire, et tremblant que M. d'Albe ne soupçonnât que je faisais un mensonge pour m'éloigner de lui, je me suis rassise. «Je préférerais passer la nuit ici, lui ai-je dit, je ne me sens bien qu'auprès de vous.» «Claire, a-t-il repris, ce que vous dites-là est peut-être plus vrai que vous ne le pensez vous-même; je vous connais bien, mon enfant, et je sais qu'il ne peut y avoir de paix, et par conséquent de bonheur pour vous, hors du sentier de l'innocence.» «Que voulez-vous dire?»

me suis-je écriée. «Claire, a-t-il répondu, vous me comprenez, et je vous ai devinée; qu'il vous suffise de savoir que je suis content de vous; ne me questionnez pas davantage: à présent, mon amie, retirez-vous, et calmez, s'il se peut, l'excessive agitation de vos esprits.» Alors, sans ajouter un mot ni me faire une caresse, il est sorti de la chambre; je suis restée seule: quel vide! quel silence! Partout je voyais de lugubres fantômes; chaque objet me paraissait une ombre, chaque son un cri de mort; je ne pouvais ni dormir, ni penser, ni vivre; j'ai erré dans la maison pour me sauver de moi-même; ne pouvant y réussir, j'ai pris la plume pour t'écrire; cette lettre du moins ira où il est, ses yeux verront ce papier que mes mains ont touché, il pensera que Claire y aura tracé son nom, ce sera un lien, c'est le dernier fil qui nous retiendra au bonheur et à la vie... Mais, hélas! le ciel ne nous ordonne-t-il pas de les briser tous? et cette secrète douceur que je trouve à penser qu'au milieu du néant qui nous entoure, nos âmes conserveront une sorte de communication, n'est-elle pas le dernier nœud qui m'attache à ma faiblesse? Ah! faut-il donc que mes barbares mains les anéantissent tous! Faut-il enfin cesser de penser à lui, et vivre étrangère à tout ce qui fait vivre? O mon Elise! quand le devoir me lie sur la terre et me commande d'oublier Frédéric, que ne puis-je oublier aussi qu'on peut mourir!

111

Lettre XXXIV

Elise à M. d'Albe

Mon amie en s'unissant à vous, m'ôta le droit de disposer d'elle; je puis vous donner des avis, mais je dois respecter vos volontés: vous m'ordonnez donc de lui taire l'état de Frédéric, j'obéirai. Cependant, mon cousin, s'il y a des inconvénients à la vérité, il y en a plus encore à la dissimulation; l'exemple de Claire en est la preuve: il nous apprend que celui qui se sert du mal, même pour arriver au bien, en est tôt ou tard la victime. Si dès le premier instant elle vous eût fait l'aveu de l'amour de Frédéric, cet infortuné aurait pu être arraché à sa destinée; ma vertueuse amie serait pure de toute faiblesse, et vous-même n'auriez pas été déchiré par l'angoisse d'un doute; et pourtant où fut-il jamais des motifs plus plausibles, plus délicats, plus forts que les siens pour se taire? Le bonheur de votre vie entière lui semblait compromis par cet aveu; quel autre intérêt au monde était capable de lui faire sacrifier la vérité? qui saura jamais apprécier ce qu'il lui en a coûté pour vous tromper? Ah! pour user de dissimulation, il lui a fallu toute l'intrépidité de la vertu.

Moi-même, lorsqu'elle me confia ses raisons, je les approuvai; je crus qu'elle aurait le temps et la force d'éloigner Frédéric avant que vous eussiez soupçonné les feux dont il brûlait. J'espérais encore que le vœu unique

112

et permanent de Claire, ce vœu de n'avoir été pour vous pendant sa vie qu'une source de bonheur, pouvait être rempli... Un instant a tout détruit: ces mots échappés à mon amie, dans le délire de la fièvre, éveillèrent vos soupçons, l'état de Frédéric les confirma. Vous fûtes même plus malheureux que vous ne deviez l'être, puisque vous crûtes voir dans l'excessive douleur de Claire, la preuve de son ignominie. Ses caresses vous rassurèrent bientôt; vous connaissiez trop votre femme pour douter qu'elle n'eût repoussé les bras de son époux si elle n'avait pas été digne de s'y jeter. J'ai approuvé la délicatesse qui vous a dicté de ne point l'aider dans le sacrifice qu'elle voulait faire, afin qu'en ayant seule le mérite, il pût la raccommoder avec elle-même. Mais je suis loin de redouter comme vous le désespoir de Claire; cet état demande des forces, et tant qu'elle en aura elles tourneront toutes au profit de la vertu. En lui peignant Frédéric tel qu'il est, je donnerais sans doute plus d'énergie à sa douleur; mais dans les âmes comme la sienne, il faut de grands mouvements pour soutenir de grandes résolutions; au lieu que si, fidèle à votre plan, je lui laisse entrevoir qu'elle a mal connu Frédéric; que non seulement il peut l'oublier, mais qu'une autre est prête à la remplacer; si je lui montre léger et sans foi ce qu'elle a vu noble et grand; enfin si j'éveille sa défiance sur un point où elle a mis tout son cœur, la vérité, l'honneur même ne

113

seront plus pour elle qu'un problème. Si vous lui faites douter de Frédéric, craignez qu'elle ne doute de tout, et qu'en lui persuadant que son amour ne fut qu'une erreur, elle ne se demande si la vertu aussi n'en est pas une. Mon ami, il est des âmes privilégiées qui reçurent de la nature une idée plus exquise et plus délicate du beau moral; elles n'ont besoin ni de raison ni de principes pour faire le bien, elles sont nées pour l'aimer comme l'eau pour suivre son cours, et nulle cause ne peut arrêter leur marche, à moins qu'on ne dessèche leur source: mais si, remontant pour ainsi dire vers le point visuel de leur existence, vous parvenez, en l'effaçant entièrement, à ébranler l'autel qu'elles se sont créé, vous les précipitez dans un vague où elles se perdent pour jamais; car, après l'appui qu'elles ont perdu, elles ne peuvent plus en trouver d'autre: elles aimeront toujours le bien, mais ne croyant plus à sa réalité, elles n'auront plus de forces pour le faire; et cependant, comme cet aliment seul était digne de les nourrir, et qu'après lui l'univers ne peut rien offrir qui leur convienne, elles languissent dans un dégoût universel jusqu'à l'instant où le créateur les réunit à leur essence.

Mon cousin, je ne risque rien à vous montrer Claire telle qu'elle est; dans aucun moment elle ne perdra à se laisser voir en entier, et il n'est point de faiblesse que ses angéliques vertus ne rachètent. J'oserai donc tout vous dire: le mépris qu'elle concevra pour Frédéric pourra lui arracher la vie, mais le devoir seul peut lui ôter son amour; fiez-vous à elle pour y travailler, personne ne le veut davantage; si elle n'y réussit pas, nulle n'aurait réussi; et du moins, si tous les moyens échouent, réservez-vous la consolation de n'en avoir employé que de dignes d'elle.

Je ne lui écris point aujourd'hui; j'attends votre réponse pour lui parler de Frédéric.

Je le connais donc enfin cet étonnant jeune homme: jamais Claire ne me l'a peint comme il m'a paru; c'est la tête d'Antinoüs sur le corps de l'Apollon,[13] et le charme de sa figure n'est pas même effacé par le sombre désespoir empreint dans tous ses traits. Il ne parle point, il répond à peine; enfin jusqu'au nom de Claire, rien ne l'arrache à son morne silence; les grandes blessures de l'âme et du corps ne saignent point au moment qu'elles sont faites; elles n'impriment pas sitôt leurs plus vives douleurs, et dans les violentes commotions, c'est le contre-coup qui tue.

La seule excuse de ce jeune homme, mon cousin, est dans l'excès même de sa passion: s'il n'en était pas

---

[13]Antinous was a classical youth famed for his melancholy beauty. Apollo, Greek god of music and reason, was a favorite subject for both ancient and modern sculptors depicting the beauty of the male body.

tyrannisé au point de n'avoir pas une idée qui ne fût pour elle, si les désirs que Claire lui inspire n'étouffaient pas jusqu'au sentiment de ce qu'il vous doit, s'il pouvait en l'aimant se ressouvenir de vous, ce ne serait plus un malheureux insensé, mais un monstre. Vous avez tort, je crois, de ne point permettre que Claire lui écrive; dans ce moment il ne peut entendre qu'elle; elle seule l'a fait partir, seule elle peut pénétrer dans son âme, lui rappeler ses devoirs et le faire rougir des torts affreux dont il s'est rendu coupable. Mon ami, je ne crains point de le dire, en interceptant toute communication entre ces deux êtres, vous les isolez sur la terre; aucune voix ne pourra ni les sauver ni les guérir, car nulle autre n'arrivera jusqu'à eux. Croyez-moi, pour un sentiment comme celui-là, il faut d'autres moyens que ceux qui réussissent à tout le monde; laissez-les déifier leur amour en le rendant la base de toutes les vertus; peu à peu la vérité saura briser l'idole et se substituer à sa place.

Frédéric est arrivé hier, j'avais du monde chez moi, je me suis esquivée pour l'aller recevoir: je voulais qu'il ne parût point, qu'il restât dans son appartement, parce que je sais que dans les passions extrêmes, l'instinct dicte des cris, des mouvements et des gestes qui donnent un cours aux esprits, et font diversion à la douleur; mais il s'est refusé à tous ces ménagements. «Non, m'a-t-il dit, au milieu du monde, comme ici, partout je suis seul; elle n'y est plus.» Il est descendu avec moi; son regard avait quelque chose de si sinistre, que je n'ai pu m'empêcher de frémir en lui voyant manier des pistolets qu'il sortait de la voiture; il a deviné ma pensée. «Ne craignez rien, m'a-t-il dit avec un sourire affreux, je lui ai promis de n'en pas faire usage.» Le reste de la soirée il a paru assez tranquille; cependant je ne le perdais pas de vue: tout à coup je me suis aperçue qu'il pâlissait, sa tête a fléchi, et en un instant il a été couvert de sang; des artères comprimées par la violence de la douleur s'étaient brisées dans sa poitrine. J'ai fait appeler des secours, et d'après ce qu'on m'a dit, il est possible que cette crise de la nature, en l'affaiblissant beaucoup, contribue à le sauver; je réponds de lui si je peux l'amener à l'attendrissement; mais comment l'espérer si un mot de Claire ne vient lui demander des larmes? car il ne peut plus en verser que pour elle.

Mon ami, en vous ouvrant tout mon cœur sur ce sujet, je vous ai donné la plus haute preuve d'estime qu'il soit possible de recevoir: de pareilles vérités ne pouvaient être entendues que par un homme assez grand pour se mettre au-dessus de ses propres passions, afin de juger celles des autres; assez juste pour que ce qu'il y a de plus vif dans l'intérêt personnel ne dénature pas son jugement; assez bon pour que le mal dont il souffre, n'endurcisse pas son cœur contre ceux qui le lui causent; et il n'appartenait qu'à l'époux de Claire d'être cet homme-là.

117

Lettre XXXV

Elise à M. d'Albe

Je gémis de votre erreur, et je m'y soumets ; puissiez-vous ne vous repentir jamais d'avoir assez peu apprécié votre femme pour croire que ce qui pouvait être bon pour une autre pouvait lui convenir. J'ai éprouvé une répugnance extrême à déguiser la vérité à mon amie, c'est la première fois que cela m'arrive ; mon cœur me dit que c'est mal, et il ne m'a jamais trompée. Croyez néanmoins que je sens toute la force de vos raisons, et que je n'ignore pas combien il est dangereux pour Claire de lui laisser croire qu'aimer Frédéric c'est aimer la vertu. Ce coloris pernicieux dont la passion embellit le vice est assurément le plus subtil des poisons, car il sait s'insinuer dans les âmes honnêtes, mettre la sensibilité de son parti, et intéresser à tous ses égarements. Je m'indigne comme vous du pouvoir de l'imagination, qui, à l'aide de sophismes adroits et touchants, nous fait pardonner des choses qui feraient horreur si on les dépouillait de leur voile. Ainsi ne croyez pas que si je voyais Claire chercher des illusions pour colorer ses torts, ma lâche complaisance autorisât son erreur ; mais l'infortunée a senti toute l'étendue de sa faute, et son cœur gémit écrasé sous ce poids. Ah ! que pouvons-nous lui dire dont elle ne soit pénétrée ? Qui peut la voir plus coupable qu'elle ne se voit elle-même ?

Accablée de vos bontés et de votre indulgence, tourmentée du remords affreux d'avoir empoisonné vos jours, elle voit avec horreur ce qui se passe dans son âme, et tremble que vous n'y pénétriez. Et ne croyez pas que cet effroi soit causé par la crainte de votre indignation ; non, elle ne redoute que votre douleur. Si elle ne pensait qu'à elle, elle parlerait ; il lui serait doux d'être punie comme elle croit le mériter, et les reproches d'un époux l'aviliraient moins à son gré, qu'une indulgence dont elle ne se sent pas digne ; mais elle croit ne pouvoir effacer sa faiblesse qu'en l'expiant, ni s'acquitter avec la justice, qu'en portant seule tout le poids des maux qu'elle vous a faits.

Sa dernière lettre me dit qu'elle commence à soupçonner fortement que vous êtes instruit de tout ce qui se passe dans son cœur ; mais elle ne rompra le silence que quand elle en sera sûre. Croyez-moi, allez au-devant de sa confiance ; relevez son courage abattu ; joignez à la délicatesse qui vous a fait attendre pour le départ de Frédéric qu'elle l'eût décidé elle-même, la générosité qui ne craint point de le montrer aussi intéressant qu'il l'est ; qu'elle vous voie enfin si grand, si magnanime, que ce soit sur vous qu'elle soit forcée d'attacher les yeux pour revenir à la vertu. Enfin, si les conseils de mon ardente amitié peuvent ébranler votre résolution, le seul artifice que vous vous permettrez avec Claire sera de lui dire que je vous avais suggéré l'idée de la tromper; mais que l'opinion que vous avez d'elle vous a fait rejeter tout moyen petit et bas; que vous la jugez digne de tout entendre, comme vous l'êtes de tout savoir. En l'élevant ainsi, vous la forcez à ne pas déchoir sans se dégrader; en lui confiant toutes vos pensées, vous lui faites sentir qu'elle vous doit toutes les siennes, et, pour vous les communiquer sans rougir, elle parviendra à les épurer. O mon cousin! quand nos intérêts sont semblables, pourquoi nos opinions le sont-elles si peu, et comment ne marche-t-on pas ensemble quand on tend au même but?

Vous trouverez ci-joint la lettre que j'écris à Claire, et où je lui parle de Frédéric sous des couleurs si étrangères à la vérité. Depuis son accident il n'a pas quitté le lit; au moindre mouvement le vaisseau se rouvre: une simple sensation produit cet effet. Hier, j'étais près de son lit, on m'apporte mes lettres, il distingue l'écriture de Claire. A cette vue, il jette un cri perçant, s'élance et saisit le papier; il le porte sur son cœur, en un instant il est couvert de sang et de larmes. Une faiblesse longue et effrayante succède à cette violente agitation. Je veux profiter de cet instant pour lui ôter le fatal papier; mais par une sorte de convulsion nerveuse, il le tient fortement collé sur son sein; alors j'ai vu qu'il fallait attendre pour le ravoir que la connaissance lui fût revenue. En effet, en reprenant ses sens, sa première pensée a été de me le rendre en silence sans rien demander, mais en retenant ma main comme ne pouvant s'en détacher, et avec un regard!... Mon cousin, qui n'a pas vu Frédéric ne peut avoir l'idée de ce qu'est l'expression; tous ses traits parlent, ses yeux sont vivants d'éloquence, et si la vertu elle-même descendait du ciel, elle ne le verrait point sans émotion: et c'est auprès d'une femme belle et sensible que vous l'avez placé, au milieu d'une nature dont l'attrait parle au cœur, à l'imagination et aux sens. C'est là que vous les laissiez tête-à-tête, sans moyen d'échapper à eux-mêmes. Quand tout tendait à les rapprocher, pouvaient-ils y rester impunément? Il eut été beau de le pouvoir, il était insensé de le risquer, et vous deviez songer que toute force employée à combattre la nature succombe tôt ou tard. Dans une pareille situation, il n'y avait qu'une femme supérieure à tout son sexe, qu'une Claire enfin, qui pût rester honnête; mais pour n'être pas sensible, ô mon imprudent ami! il fallait être un ange.

En vous engageant à n'user d'aucune réserve avec Claire, je ne vous peins que les avantages qui doivent résulter de la franchise. Mais qui peut nombrer les terribles inconvénients de la dissimulation s'ils viennent à la découvrir? et c'est ce qui arrivera infailliblement, quels que soient les moyens que nous emploierons pour les tromper; deux cœurs animés d'une semblable passion, ont un instinct plus sûr que notre adresse; ils sont dans un autre univers, ils parlent un autre langage; sans se voir ils s'entendent, sans se communiquer ils se comprennent; ils se devineront et ne nous croiront pas. Prenez garde de mettre la vérité de leur parti, et de les approcher en leur faisant sentir que, hors eux, tout les trompe autour d'eux; prenez garde, enfin, d'avoir un tort avec Claire; ce n'est pas qu'elle s'en prévalût, elle n'en a pas le droit, et ne peut en avoir la volonté; mais ce n'est qu'en excitant dans son âme tout ce que la reconnaissance a de plus vif, et l'admiration de plus grand, que vous pouvez la ramener à vous, et l'arracher à l'ascendant qui l'entraîne.

Lettre XXXVI

Claire à Elise

L'univers entier me l'eût dit, j'aurais démenti l'univers! Mais toi, Elise, tu ne me tromperais pas, et, quelque changée que je sois, je n'ai pas appris encore à douter de mon amie... Frédéric n'est point ce qu'il me paraissait être? Ardent et impétueux dans ses sensations, il est léger et changeant dans ses sentiments! On peut captiver son imagination, émouvoir ses sens, et non pénétrer son cœur. C'est ainsi que tu l'as jugé, c'est ainsi que tu l'as vu: c'est Elise qui le dit, et c'est de Frédéric qu'elle parle? O mortelle angoisse! si ce sentiment profond, indestructible, qui me crie qu'il est toujours vertueux et fidèle, qu'on me trompe et qu'on le calomnie; si ce sentiment qui est devenu l'unique substance de mon âme est réel, c'est donc toi qui me trahis! Toi, Elise! quel horrible blasphème! toi, ma sœur, ma compagne, mon amie, tu aurais cessé d'être vraie avec moi? Non, non; en vain je m'efforce à le penser, en vain je voudrais justifier Frédéric aux dépens de l'amitié même. La vertu outragée étouffe la voix de mon cœur, et m'empêche de douter d'Elise. Ce mot terrible que tu as dit, a retenti dans tout mon être; chaque partie de moi-même est en proie à la douleur, et semble se multiplier pour souffrir. Je ne sais où porter mes pas, ni où reposer ma tête; ce mot terrible me poursuit, il est partout, il a séché mon âme et renversé toutes mes espérances. Hélas! depuis quelques jours ma passion ne m'effrayait plus; pour sauver Frédéric je me sentais le courage d'en guérir. Déjà, dans un lointain avenir j'entrevoyais le calme succéder à l'orage; déjà je formais des plans secrets pour une union qui, en le rendant heureux, lui aurait permis de se réunir à nous; notre pure amitié embellissait la vie de mon époux, et nos tendres soins effaçaient la peine passagère que nous lui avions causée. Combien j'avais de courage pour un pareil but! nul effort ne m'eût coûté pour l'atteindre, chacun devait me rapprocher de Frédéric! Mais quand il a cessé d'aimer, quand

Frédéric est faux et frivole, qu'ai-je besoin de me surmonter? ma tendresse n'est-elle pas évanouie avec l'erreur qui l'avait fait naître? et que doit-il me rester d'elle, qu'un profond et douloureux repentir de l'avoir éprouvée? O mon Elise! tu ne peux savoir combien il est affreux d'être un objet de mépris pour soi-même. Quand je voyais dans Frédéric la plus parfaite des créatures, je pouvais estimer encore une âme qui n'avait failli que pour lui; mais quand je considère pour qui je fus coupable, pour qui j'offensai mon époux, je me sens à un tel degré de bassesse, que j'ai cessé d'espérer de pouvoir remonter à la vertu.

Elise, je renonce à Frédéric, à toi, au monde entier; ne m'écris plus, je ne me sens plus digne de communiquer avec toi; je ne veux plus faire rougir ton front de ce nom d'amie que je te donne ici pour la dernière fois; laisse-moi seule; l'univers et tout ce qui l'habite n'est plus rien pour moi: pleure ta Claire, elle a cessé d'exister.

Lettre XXXVII

Claire à Elise

Hélas! mon Elise, tu as été bien prompte à m'obéir, et il t'en a peu coûté de renoncer à ton amie! ton silence ne me dit que trop combien ce nom n'est plus fait pour moi, et cependant, tout en étant indigne de le porter, mon âme déchirée le chérit encore, et ne peut se résoudre à y renoncer. Il est donc vrai, Elise, toi aussi tu as cessé de m'aimer? La misérable Claire se verra donc mourir dans le cœur de tout ce qui lui fut cher, et exhalera sa vie sans obtenir un regret ni une larme! Elle qui se voyait naguère heureuse mère, sage épouse, aimée, honorée de tout ce qui l'entourait; n'ayant point une pensée dont elle pût rougir, satisfaite du passé, tranquille sur l'avenir, la voilà maintenant méprisée par son amie, baissant un front humilié devant son époux, n'osant soutenir les regards de personne: la honte la suit, l'environne; il semble que, comme un cercle redoutable, elle la sépare du reste du monde, et se place entre tous les êtres et elle. O tourment que je ne puis dépeindre! quand je veux fuir, quand je veux détourner mes regards de moi-même, le remords, comme la griffe du tigre, s'enfonce dans mon cœur et déchire ses blessures; oui, il faut succomber sous de si amères douleurs, celui qui aurait la force de les soutenir ne les sentirait pas; mon sang se glace, mes yeux se ferment et, dans l'accablement où je suis, j'ignore ce qui me reste à faire pour mourir... Mais, Elise, si mon trépas expie ma faute, et que ta sagesse daigne s'attendrir sur ma mémoire, souviens-toi de ma fille, c'est pour elle que je t'implore; que l'image de celle qui lui donna la vie ne

125

la prive pas de ton affection; recueille-la dans ton sein, et ne lui parle de sa mère que pour lui dire que mon dernier soupir fut un regret de n'avoir pu vivre pour elle.

Lettre XXXVIII
Claire à Elise

Pardonne, ô mon unique consolation! mon amie, mon refuge, pardonne, si j'ai pu douter de ta tendresse! Je t'ai jugée, non sur ce que tu es, mais sur ce que je méritais; je te trouvais juste dans ta sévérité, comme tu me parais à présent aveugle dans ton indulgence. Non, mon amie, non, celle qui a porté le trouble dans sa maison et la dé-fiance dans l'âme de son époux ne mérite plus le nom de vertueuse, et tu ne me nomme ainsi que parce que tu me vois dans ton cœur.

Malgré tes conseils, je n'ai point parlé avec confiance à mon mari; je l'aurais désiré, et plus d'une fois je lui ai donné occasion d'entamer ce sujet, mais il a toujours paru l'éloigner; sans doute il rougirait de m'entendre; je dois lui épargner la honte d'un pareil aveu, et je sens que son silence me prescrit de guérir sans me plaindre. Elise, tu peux me croire, le règne de l'amour est passé; mais le coup qu'il m'a porté a frappé trop violemment sur mon cœur, je n'en guérirai pas; il est des douleurs que le temps peut user; on se résigne à celles émanées du ciel; on courbe sa tête sous les décrets éternels, et le reproche s'éteint quand il faut l'adresser à Dieu. Mais ici tout conspire à rendre ma peine plus cuisante; je ne peux en accuser personne, tous les maux qu'elle cause refoulent vers mon cœur, car c'est là qu'en est la source... Cependant je suis calme, car il n'y a plus d'agitation pour celui qui a tout perdu. Néanmoins je vois avec plaisir que M. d'Albe est content de l'espèce de tranquillité dont il me voit jouir. Il a saisi cet instant pour me parler de la lettre où tu lui apprends la réunion imprévue d'Adèle et de Frédéric; pourquoi donc m'en faire un mystère, Elise? Si cette charmante personne parvient à le fixer, crains-tu que je m'en afflige? crois-tu que je le blâme? Non, mon amie, je pense au contraire que Frédéric a senti que quand l'attachement était un crime, l'inconstance devenait une vertu, et il remplit, en m'oubliant, un devoir que l'honneur et la reconnaissance lui imposaient également; c'est ce que j'ai fait entendre à M. d'Albe lorsqu'il est entré dans les détails de ce que tu lui écrivais: j'ai vu qu'il était étonné et ravi de ma réponse; son approbation m'a ranimée, et l'image de son bonheur m'est si douce, que j'en remplirais encore tout mon avenir si je ne sentais pas mes forces s'épuiser, et la coupe de la vie se retirer de moi.

Lettre XXXIX

Claire à Elise

Non, mon amie, je ne suis pas malade, je ne suis pas triste
non plus ; mes journées se déroulent et se remplissent
comme autrefois : à l'extérieur, je suis presque la même ;
mais l'extrême faiblesse de mon corps et de mes esprits,
le profond dégoût qui flétrit mon âme, m'apprennent
qu'il est des chagrins auxquels on ne résiste pas. La vertu
fut ma première idole, l'amour la détruisit, il s'est détruit
à son tour, et me laisse seule au monde : il faut mourir
avec lui. Ah ! mon Elise ! je souffre bien moins du changement de Frédéric que de l'avoir si mal jugé : tu ne peux
comprendre jusqu'où allait ma confiance en lui ; enfin, te
le dirai-je ? il a été un moment où j'ai pensé que tu étais
d'accord avec mon époux pour me tromper, et que vous
vous réunissiez pour me peindre sous des couleurs in-
fidèles et odieuses, l'infortuné qui expirait de mon absence ; il me semblait voir ce malheureux que j'avais
envoyé vers toi pour reposer sa douleur sur ton sein,
abusé par tes fausses larmes, confiant entre tes bras, tandis que tu le trahissais auprès de ton amie ; enfin mon
criminel amour, répandant son venin sur tes lettres et sur
les discours de mon époux, m'y faisait trouver des signes
nombreux de fausseté. Elise, conçois-tu ce qu'est une

passion qui a pu me faire douter de toi? Ah! sans doute, c'est là son plus grand forfait!

Mon amie, le coup qui me tue est d'avoir été trompée sur Frédéric; je croyais si bien le connaître! il me semblait que mon existence eût commencé avec la sienne, et que nos deux âmes, confondues ensemble, s'étaient identifiées par tous les points. On se console d'une erreur de l'esprit, et non d'un égarement du cœur: le mien m'a trop mal guidée pour que j'ose y compter encore, et je dois voir avec inquiétude jusqu'aux mouvements qui le portent vers toi. O Frédéric! mon estime pour toi fut de l'idolâtrie; en me forçant à y renoncer, tu ébranles mon opinion sur la vertu même; le monde ne me paraît plus qu'une vaste solitude, et les appuis que j'y trouvais, que des ombres vaines qui échappent sous ma main. Elise, tu peux me parler de Frédéric, Frédéric n'est point celui que j'aimais: semblable au païen qui rend un culte à l'idole qu'il a créée, j'adorais en Frédéric l'ouvrage de mon imagination; la vérité ou Elise ont déchiré le voile, Frédéric n'est plus rien pour moi; mais comme je peux tout entendre avec indifférence, de même je peux tout ignorer sans peine, et peut-être devrais-je vouloir que tu continues à garder le silence afin de pouvoir consacrer entièrement mes dernières pensées à mon époux et à mes enfants.

Lettre XL

Claire à Elise

Je n'en puis plus, la langueur m'accable, l'ennui me dévore, le dégoût m'empoisonne; je souffre sans pouvoir dire le remède; le passé et l'avenir, la vérité et les chimères ne me présentent plus rien d'agréable; je suis importune à moi-même, je voudrais me fuir et je ne puis me quitter; rien ne me distrait, les plaisirs ont perdu leur piquant, et les devoirs leur importance. Je suis mal partout: si je marche, la fatigue me force à m'asseoir; quand je me repose, l'agitation m'oblige à marcher. Mon cœur n'a pas assez de place, il étouffe, il palpite violemment; je veux respirer, et de longs et profonds soupirs s'échappent de ma poitrine. Où est donc la verdure des arbres? Les oiseaux ne chantent plus. L'eau murmure-t-elle encore? Où est la fraîcheur? où est l'air? Un feu brûlant court dans mes veines et me consume; des larmes rares et amères mouillent mes yeux et ne me soulagent pas. Que faire? où porter mes pas? pourquoi rester ici? pourquoi aller ailleurs? J'irai lentement errer dans la campagne; là, choisissant des lieux écartés, j'y cueillerai quelques fleurs sauvages et desséchées comme moi, quelques soucis, emblèmes de ma tristesse: je n'y mêlerai aucun feuillage, la verdure est morte dans la nature, comme l'espérance dans mon cœur. Dieu! que l'existence me pèse! l'amitié l'embellissait jadis, tous mes jours étaient sereins; une voluptueuse mélancolie m'attirait sous l'ombre des bois, j'y jouissais du repos et du charme de la nature; mes enfants! je pensais à vous alors, je n'y pense plus maintenant que pour être importunée de vos jeux, et tyrannisée par l'obligation de vous rendre des soins. Je voudrais vous ôter d'auprès de moi, je voudrais en ôter tout le monde, je voudrais m'en ôter moi-même... Lorsque le jour paraît, je sens mon mal redoubler. Que d'instants comptés par la douleur! Le soleil se lève, brille sur toute la nature et la ranime de ses feux; moi seule suis importunée de son éclat, il m'est odieux et me flétrit: semblable au fruit qu'un insecte dévore au cœur, je porte un mal invisible... et pourtant de vives et rapides émotions viennent souvent frapper mes sens; je me sens frissonner dans tout mon corps: mes yeux se portent du même côté, s'attachent sur le même objet; ce n'est qu'avec effort que je les en détourne. Mon âme étonnée cherche et ne trouve point ce qu'elle attend; alors, plus agitée, mais affaiblie par les impressions que j'ai reçues, je succombe tout à fait, ma tête penche, je fléchis, et, dans mon morne abattement, je ne me débats plus contre le mal qui me tue.

Elise à M. d'Albe

Votre lettre m'a rassurée, mon cousin, j'en avais besoin; et je me féliciterais bien plus des changements que vous avez observés chez Claire, si je ne craignais, qu'abusé par votre tendresse, vous ne prissiez l'affaissement total des organes pour la tranquillité, et la mort de l'âme pour la resignation.

Je ne m'étonne point de ce que vous inspire la conduite de Claire; je reconnais là cette femme dont chaque pensée était une vertu et chaque mouvement un exemple. Son cœur a besoin de vous dédommager de ce qu'il a donné involontairement à un autre, et elle ne peut être en paix avec elle-même qu'en vous consacrant tout ce qui lui reste de force et de vie. Vous êtes touché de sa constante attention envers vous, de l'expression tendre dont elle l'anime; vous êtes surpris des soins continuels de son active bienfaisance envers tout ce qui l'entoure. Eh, mon cousin! ignorez-vous que le cœur de Claire fut créé dans un jour de fête, qu'il s'échappa parfait des mains de la nature, et que son essence étant la bonté, elle ne peut cesser de faire le bien qu'en cessant de vivre?

Je ne vous peindrai point le mal que m'ont fait ses lettres; je rejette avec effroi cette confiance sans bornes qui, lui faisant étouffer jusqu'à l'instinct de son cœur, me rend responsable de sa vie ; elle se reproche comme un forfait d'avoir pu douter de son époux et de son amie, et ce forfait, il faut le dire, c'est nous qui l'avons commis, car c'en est un de tromper une femme comme elle ; ses torts furent involontaires, les nôtres sont calculés ; elle repousse les siens avec horreur, nous persistons dans les nôtres de sang-froid. Animée par un motif sublime, elle put se résoudre à taire la vérité. Nous ! nous l'avons souillée par de méprisables détours, sans avoir même la certitude de réussir ; cependant je ne me reproche rien, et la vie de Claire dût-elle être le prix de l'exécution de vos volontés, en m'y soumettant, en la sacrifiant elle-même au moindre de vos désirs, je remplis son vœu, je ne fais que ce qu'elle m'eût prescrit, que ce qu'elle ferait elle-même avec transport.

Ne pensez pas pourtant que je fusse d'avis de changer de plan ; non, à présent il faut le suivre jusqu'au bout, et il n'est plus temps de reculer, une nouvelle secousse l'épuiserait ; mais n'attendez pas que je persiste à lui donner des détails imaginaires sur l'état de Frédéric ; non, elle-même ayant senti que la raison nous engageait à n'en parler jamais, je me bornerai à garder un silence absolu sur ce sujet.

Depuis que Frédéric commence à se lever, il m'a conjurée de lui donner le détail de mes affaires ; je l'ai fait avec empressement, dans l'espérance de le distraire ; il les a saisies avec intelligence, il les suit avec opiniâtreté; comment s'en étonner? Claire lui ordonna ce travail.

Il a reçu hier votre lettre, celle où, sans lui parler directement de votre femme, vous la lui peignez à chaque page, gaie et tranquille. J'ignore l'effet que ces nouvelles ont produit sur lui, il ne m'en a rien dit; j'observe seulement que son regard est plus sombre, et son silence plus absolu: il concentre toutes ses sensations en lui-même, rien ne perce, rien ne l'atteint, rien ne le touche. Ce matin, tandis qu'il travaillait auprès de moi, pour le tirer de sa morne stupeur, j'ai sorti le portrait de Claire de mon sein, et l'ai posé auprès de lui; son premier mouvement a été de me regarder avec surprise, comme pour me demander ce que cela signifiait, et puis, reportant ses yeux sur l'objet qui lui était offert, il l'a contemplé longtemps; enfin, me le rendant avec froideur: «Ce n'est pas elle, m'a-t-il dit»; puis il s'est tu, et s'est remis à l'ouvrage. Quelques heures se sont passées dans un mutuel silence; il ne me questionne que sur mes affaires; si je l'interroge sur tout autre sujet que Claire, il n'a pas l'air de m'entendre, ou bien il me répond par un signe ou un monosyllabe: j'écarte avec grand soin toute conversation tendante à une entière confidance, car je ne me sentirais pas la force de continuer à le tromper. A chaque instant la pitié m'entraîne à lui ouvrir mon cœur; c'est un besoin qui s'accroît de jour en jour, et mon courage n'est pas à l'épreuve de sa douleur. Je n'ai pourtant rien dit encore; mais il ne faut peut-être qu'un mot de sa part, qu'un instant d'épanchement pour m'arracher votre secret. Ah, mon cousin! pardonnez mon incertitude; mais voir souffrir un malheureux, pouvoir le soulager d'un mot et se taire, c'est un effort auquel je ne peux pas espérer d'atteindre. Puis-je même le désirer? voudrais-je étouffer dans mon âme cet ascendant qui nous pousse à adoucir les maux d'autrui? Ah! si c'est là une faiblesse, je ne sais quel courage la vaudrait! Il y a une heure que j'étais avec Frédéric; les cris de ma fille m'ayant forcée à sortir avec précipitation, j'ai oublié sur ma cheminée une lettre de Claire, que je venais de recevoir. L'idée que Frédéric pouvait la lire m'a fait frémir, je suis remontée comme un éclair, il la tenait dans sa main. «Frédéric, qu'avez-vous fait? me suis-je écriée.» «Rien qu'elle ne m'eût permis! m'a-t-il répondu.» «Vous n'avez donc pas lu cette lettre? ai-je repris.» «Non, elle m'aurait méprisé, m'a-t-il dit en me la remettant.» J'ai voulu louer sa discrétion, sa délicatesse; il m'a interrompue. «Non, Elise, vous vous méprenez; je n'ai plus ni délicatesse, ni vertu; je n'agis, ne sens et n'existe plus que par elle, et peut-être eussé-je lu ce papier, si la crainte de lui déplaire ne m'eut arrêté.» En finissant cette phrase il est retombé dans son immobilité accoutumée. Que ne donnerais-je pas pour qu'il exhalât ses transports, pour l'entendre pousser des cris aigus,

135

pour le voir se livrer à un désespoir forcené! combien cet état serait moins effrayant que celui où il est! Concentrant dans son sein toutes les furies de l'enfer, elles le déchirent par cent forces diverses, et ces blessures qu'il renferme s'aigrissent, s'enveniment sur son cœur, et portent dans tout son être des germes de destruction. L'infortuné mérite votre pitié, et quelle que fût son ingratitude envers vous, son supplice l'expie et l'emporte sur elle.

Lettre XLII

Claire à Elise

Elise, je crois que le ciel a béni mes efforts, et qu'il n'a pas voulu me retirer du monde avant de m'avoir rendue à moi-même. Depuis quelques jours un calme salutaire s'insinue dans mes veines, je souris avec satisfaction à mes devoirs; la vue de mon mari ne me trouble plus, et je partage le contentement qu'il éprouve à se trouver près de moi; je vois qu'il me sait gré de toute la tendresse que je lui montre, et qu'il en distingue bien toute la sincérité. Son indulgence m'encourage, ses éloges me relèvent, et je ne me crois plus méprisable quand je vois qu'il m'estime encore; mais à mesure que mon âme se fortifie, mon corps s'affaiblit. Je voudrais vivre pour mon digne époux, c'est là le vœu que j'adresse au ciel tous les jours, c'est là le seul prix dont je pourrais racheter ma faute : mais il faut renoncer à cet espoir. La mort est dans mon sein, Elise, je la sens qui me mine, et ses progrès lents et continus m'approchent insensiblement de ma tombe. O mon excellente amie ! ne pleure pas sur mon trépas, mais sur la cause qui me le donne ; s'il m'eût été permis de sacrifier ma vie pour toi, mes enfants ou mon époux, ma mort aurait fait mon bonheur et ma gloire ; mais périr victime de la perfidie d'un homme, mais mourir de la main de Frédéric !... O Frédéric ! ô souvenir mille fois trop cher ! Hélas ! ce nom fut jadis pour moi l'image de la plus noble candeur ; à ce nom se rattachaient toutes les idées du beau et du grand ; lui seul me paraissait exempt de cette contagion funeste que la fausseté a soufflée sur l'univers ; lui seul me présentait ce modèle de perfection dont j'avais souvent nourri mes rêveries, et c'est de cette hauteur où l'amour l'avait élevé qu'il tombe... Frédéric, il est impossible d'oublier si vite l'amour dont tu prétendais être atteint ; tu as donc feint de le sentir ? L'artifice d'un homme ordinaire ne paraît qu'une faute commune, mais Frédéric artificieux est un monstre : la distance de ce que tu es, à ce que tu feignais d'être est immense, et il n'y a point de crime pareil au tien. Mon plus grand tourment est bien moins de renoncer à toi que d'être forcée de te mépriser, et ta bassesse était le seul coup que je ne pouvais supporter.

Mon amie, cette lettre-ci est la dernière où je te parlerai de lui; désormais mes pensées vont se porter sur de plus dignes objets; le seul moyen d'obtenir la miséricorde céleste est sans doute d'employer le reste de ma vie au bonheur de ce qui m'entoure; je visite mon hospice tous les jours; je vois avec plaisir que ma longue absence n'a point interrompu l'ordre que j'y avais établi. Je léguerai à mon Elise le soin de l'entretenir; c'est d'elle que ma Laure apprendra à y veiller à son tour: puisse cette fille chérie se former auprès de toi à toutes les vertus qui manquèrent à sa mère! parle-lui de mes torts, surtout de mon repentir; dis-lui que, si je t'avais écoutée, j'aurais vécu paisible et honorée, et que je t'aurais value peut-être. Que ses tendres soins dédommagent son vieux père de tout le mal que je lui causai; et pour payer tout ce qu'elle tiendra de toi, puisse-t-elle t'aimer comme Claire!... Adieu, mon cœur se déchire à l'aspect de tout ce que j'aime; c'est au moment de quitter des objets si chers, que je sens combien ils m'attachent à la vie. Elise, tu consoleras mon digne époux, tu ne le laisseras pas isolé sur la terre, tu deviendras son amie, de même que la mère de mes enfants; ils n'auront pas perdu au change.

Lettre XLIII

Claire à Elise

Ne t'afflige point, mon amie, la douce paix que Dieu répand sur mes derniers jours m'est un garant de sa clémence ; quelques instants encore, et mon âme s'envolera
vers l'éternité. Dans ce sanctuaire immortel, si j'ai à rougir d'un sentiment qui fut involontaire, peut-être l'aurai-
je trop expié sur la terre pour en être punie dans le ciel.
Chaque jour, prosternée devant la majesté suprême, j'admire sa puissance et j'implore sa bonté ; elle enveloppe de
sa bienfaisance tout ce qui respire, tout ce qui sent, tout
ce qui souffre : c'est là le manteau dont les malheureux
doivent réchauffer leurs cœurs... Mais quand la nuit a
laissé tomber son obscur rideau, je crois voir l'ombre du
bras de l'Eternel étendu vers moi ;[14] dans ces instants
d'un calme parfait, l'âme s'élance vers le ciel et correspond avec Dieu, et la conscience, reprenant ses droits,
pèse le passé et pressent l'avenir. C'est alors, que jetant
un coup d'œil sur ces jours engloutis par le temps, on se
demande, non sans effroi, comment ils ont été employés,

---

[14]Cottin here cites a line from the twelfth night of Young's *Night
Thoughts*. Stéphanie de Genlis, another celebrated early-nineteenth-
century sentimental novelist, accused Cottin of plagiarism with this
unacknowledged citation. But literary allusion is one of Cottin's important techniques throughout her novel.

et, en faisant la revue de sa vie, on compte par ses actions les témoins qui déposeront bientôt pour ou contre soi. Quel calcul! qui osera le faire sans une profonde humilité, sans un repentir poignant de toutes les fautes auxquelles on fut entraîné? O Frédéric! comment supporteras-tu ces redoutables moments? Quand il se pourrait qu'innocent d'artifice, tu aies cru sentir tout ce que tu m'exprimais, songe, malheureux, que pour t'absoudre de ton ingratitude envers ton père, il aurait fallu que le ciel lui-même eût allumé les feux dont tu prétendais brûler, et ceux-là ne s'éteignent point. Et toi, mon Elise, pardonne si le souvenir de Frédéric vient encore se mêler à mes dernières pensées; le silence absolu que tu gardes à ce sujet me dit assez que je devrais t'imiter; mais avant de quitter cette terre, que Frédéric habite encore, permets-moi du moins de lui adresser un dernier adieu et de lui dire que je lui pardonne; s'il reste à cet infortuné quelques traits de ressemblance avec celui que j'aimai, l'idée d'avoir causé ma mort accélérera la sienne, et peut-être n'est-il pas éloigné l'instant qui doit nous réunir sous la voûte céleste. Ah! quand c'est là seulement que je dois le revoir! serais-je donc coupable de souhaiter cet instant?

Lettre XLIV

Elise à M. d'Albe

Il est donc vrai, mon amie s'affaiblit et chancelle, et vous êtes inquiet sur son état! Ces évanouissements longs et fréquents sont un symptôme effrayant et un obstacle au désir que vous auriez de lui faire changer d'air? Ah! sans doute, je volerai auprès d'elle, je confierai mes deux fils à Frédéric, c'est une chaîne dont je l'attacherai ici; je dissimule ma douleur devant lui, car s'il pouvait soupçonner le motif de mon voyage, s'il se doutait que tout ce que vous lui dites de Claire n'est qu'une erreur, s'il voyait ces terribles paroles que vous n'avez point tracées sans frémir et que je n'ai pu lire sans désespoir, *déjà les ombres de la mort couvrent son visage*, aucune force humaine ne le retiendrait ici.

Non, mon ami, non, je ne vous fais pas de reproches, je n'en fais pas même à l'auteur de tous nos désastres. Dès qu'un être est atteint par le malheur, il devient sacré pour moi, et Frédéric est dans un état trop affreux pour que l'amertume de ma douleur tourne contre lui; mais mon âme est brisée de tristesse, et je n'ai point d'expressions pour ce que j'éprouve. Claire était le flambeau, la gloire, le délice de ma vie; si je la perds, tous les liens qui me restent me deviendront odieux; mes enfants, oui, mes enfants eux-mêmes ne seront plus pour moi qu'une charge pesante: chaque jour, en les embrassant, je penserai que c'est eux qui m'empêchent de la rejoindre; dans ma profonde douleur, je rejette et leurs caresses, et les jouissances qu'ils me promettaient, et tous les nœuds qui m'attachent au monde; et mon âme désespérée déteste les plaisirs que Claire ne peut plus partager.

Ah! croyez-moi, laissez-lui remplir tous ses exercices de piété. Ce n'est point eux qui l'affaiblissent; au contraire, les âmes passionnées comme la sienne ont besoin d'aliment et cherchent toujours leurs ressources ou très loin ou très près d'elles, dans les idées religieuses ou dans les idées sensibles, et le vide terrible que l'amour y laisse ne peut être rempli que par Dieu même.

Annoncez-moi à Claire, je compte partir dans deux ou trois jours. Fiez-vous à ma foi, je saurai respecter votre volonté, ma parole et l'état de mon amie, et elle ignorera toujours que son époux, cessant un moment de l'apprécier, la traita comme une femme ordinaire.

Lettre XLV

Elise à M. d'Albe

O mon cousin! Frédéric est parti, et je suis sûre qu'il est allé chez vous; et je tremble que cette lettre, que je vous envoie par un exprès, n'arrive trop tard, et ne puisse empêcher les maux terribles qu'une explication entraînerait après elle. Comment vous peindre la scène qui vient de se passer? Aujourd'hui, pour la première fois, Frédéric m'a accompagnée dans une maison étrangère; muet, taciturne, son regard ne fixait aucun objet; il semblait ne prendre part à rien de ce qui se faisait autour de lui, et répondait à peine quelques mots au hasard aux différentes questions qu'on lui adressait. Tout à coup un homme inconnu prononce le nom de madame d'Albe; il dit qu'il vient de chez elle, qu'elle est mal, mais très mal... Frédéric jette sur moi un œil hagard et interrogatif, et voyant des larmes dans mes yeux, il ne doute plus de son malheur. Alors il s'approche de cet homme et le questionne. En vain je l'appelle, en vain je lui promets de lui tout dire, il me repousse avec violence en s'écriant: «Non, vous m'avez trompé, je ne vous crois plus.» L'homme qui venait de parler, et qui n'avait été chez vous que pour des affaires relatives à votre commerce, étourdi de l'effet inattendu de ce qu'il a dit, hésite à répondre aux questions pressantes de Frédéric. Cependant, effrayé de l'accent terrible de ce jeune homme, il n'ose résister ni à son ton ni à son air. «Ma foi, dit-il, madame d'Albe se meurt, et on assure que c'est à cause de l'infidélité d'un jeune homme qu'elle aimait, et que son mari a chassé de chez elle.» A ces mots, Frédéric jette un cri perçant, renverse tout ce qui se trouve sur son passage, et s'élance hors de la

143

chambre. Je me précipite après lui, je l'appelle, c'est au nom de Claire que je le supplie de m'entendre, il n'écoute rien : nulle force ne peut le retenir, il écrase tout ce qui s'oppose à sa fuite, je le perds de vue, je ne l'ai plus revu, et j'ignore ce qu'il est devenu ; mais je ne doute point qu'il n'ait porté ses pas vers l'asile de Claire ; je tremble qu'elle ne le voie ; la surprise, l'émotion, épuiseraient ses forces. O mon amie ! puisse ma lettre arriver à temps pour prévenir un pareil malheur ! L'insensé, dans son féroce délire, il ne songe pas que son apparition subite peut tuer celle qu'il aime. Ah ! s'il se peut, empêchez-les de se voir, repoussez-le de votre maison, qu'il ne retrouve plus en vous ce père indulgent qui justifiait tous ses torts, faites tonner l'honneur outragé, accablez-le de votre indignation ; que vous fait sa fureur, ses imprécations, sa douleur même ? Songez que c'est lui qui est le meurtrier de Claire, que c'est lui qui a porté le trouble dans cette âme céleste, et qui a terni une réputation sans tache, car enfin les discours de cet homme inconnu ne sont-ils pas l'écho fidèle de l'opinion publique ? Ce monde barbare, odieux et injuste, a déshonoré mon amie : sans égard pour ce qu'elle fut, il la juge à la rigueur sur de trompeuses apparences ; mais ne distingue pas la femme tendre et irréprochable, de la femme adultère. Eh ! quand ma Claire retrouverait toutes ses forces contre l'amour, en aurait-elle contre la perte de l'estime publique ? Celle qui la res-

144

pecta toujours, qui la regardait comme le plus bel ornement de son sexe, pourrait-elle vivre après l'avoir perdue? Non, Claire, meurs, quitte une terre qui ne sut pas te connaître, et qui n'était pas digne de te porter; abreuvée de larmes et d'outrages, va demander au ciel le prix de tes douleurs, et que les anges empressés auprès de toi ouvrent leurs bras pour recevoir leur semblable.

Ici finissent les lettres de Claire, le reste est un récit écrit de la main d'Elise; sans doute elle en aura recueilli les principaux traits de la bouche de son amie, et elle les aura confiés au papier pour que la jeune Laure, en les lisant un jour, pût se préserver des passions dont sa déplorable mère avait été la victime.

Il était tard, la nuit commençait à s'étendre sur l'univers; Claire, faible et languissante, s'était fait conduire au bas de son jardin, sous l'ombre des peupliers qui couvrent l'urne de son père, et où sa piété consacra un autel à la divinité. Humblement prosternée sur le dernier degré, le cœur toujours dévoré de l'image de Frédéric, elle implorait la clémence du ciel pour un être si cher, et des forces pour l'oublier. Tout à coup une marche précipitée l'arrache à ses meditations, elle s'étonne qu'on

vienne la troubler et, tournant la tête, le premier objet qui la frappe c'est Frédéric, Frédéric pâle, éperdu, couvert de sueur et de poussière. A cet aspect, elle croit rêver, et reste immobile comme craignant de faire un mouvement qui lui arrache son erreur. Frédéric la voit et s'arrête, il contemple ce visage charmant qu'il avait laissé naguère brillant de fraîcheur et de jeunesse, il le retrouve flétri, abattu, ce n'est plus que l'ombre de Claire, et le sceau de la mort est déjà empreint dans tous ses traits; il veut parler et ne peut articuler un mot; la violence de la douleur a suspendu son être. Claire, toujours immobile, les bras étendus vers lui, laisse échapper le nom de Frédéric. A cette voix, il retrouve la chaleur et la vie, et saisissant sa main décolorée: «Non, s'écrie-t-il, tu ne l'as pas cru que Frédéric ait cessé de t'aimer, non, ce blasphème horrible, épouvantable, a été démenti par ton cœur. O ma Claire! en te quittant, en renonçant à toi pour jamais, en supportant la vie pour t'obéir, j'avais cru avoir épuisé la coupe amère de l'infortune; mais si tu as douté de ma foi, je n'en ai goûté que la moindre partie… Parle donc, Claire, rassure-moi, romps ce silence mortel qui me glace d'effroi.» En disant ces mots, il la pressait sur son sein avec ardeur. Claire, le repoussant doucement, se lève, fixe les yeux sur lui, et le parcourant longtemps avec surprise: «O toi, dit-elle, qui me présentes l'image de celui que j'ai tant aimé, toi, l'ombre de ce Frédéric dont j'avais fait mon dieu! dis, descends-tu du céleste séjour pour m'apprendre que ma dernière heure approche? et es-tu l'ange destiné à me guider vers l'éternelle région?» «Qu'ai-je entendu? lui répond Frédéric, est-ce toi qui me méconnais? Claire, ton cœur est-il donc changé comme tes traits, et reste-t-il insensible auprès de moi?» «Quoi! il se pourrait que tu sois toujours Frédéric! s'écrie-t-elle, mon Frédéric existerait encore? On me l'avait dit perdu, l'amitié m'aurait-elle donc trompée?» «Oui, interrompit-il avec véhémence, une affreuse trahison me faisait paraître infidèle à tes yeux, et te peignait à moi gaie et paisible; on nous faisait mourir victimes l'un de l'autre, on voulait que nous enfonçassions mutuellement le poignard dans nos cœurs. Crois-moi, Claire, amitié, foi, honneur, tout est faux dans le monde; il n'y a de vrai que l'amour, il n'y a de réel que ce sentiment puissant et indestructible qui m'attache à ton être, et qui dans ce moment même te domine ainsi que moi: ne le combats plus, ô mon amie! livre-toi à ton amant, partage ses transports, et sur les bornes de la vie où nous touchons l'un et l'autre, goûtons avant de la quitter cette félicité suprême qui nous attend dans l'éternité.» Frédéric dit, et saisissant Claire, il la serre dans ses bras, il la couvre de baisers, il lui prodigue ses brûlantes caresses. L'infortunée abattue par tant de sensations, palpitante, oppressée, à demi-vaincue par son cœur et par sa faiblesse, résiste encore, le repousse et s'écrie: «Malheureux! quand l'éternité va commencer pour moi, veux-tu que je paraisse déshonorée devant le tribunal de Dieu? Frédéric, c'est pour toi que je t'implore, la responsabilité de mon crime retombera sur ta tête.» «Eh bien! je l'accepte, interrompit-il d'une voix terrible; il n'est aucun prix dont je ne veuille acheter la possession de Claire; qu'elle m'appartienne un instant sur la terre, et que le ciel m'écrase pendant l'éternité!» L'amour a doublé les forces de Frédéric, l'amour et la maladie ont épuisé celles de Claire... Elle n'est plus à elle, elle n'est plus à la vertu; Frédéric est tout, Frédéric l'emporte... Elle l'a goûté dans toute sa plénitude, cet éclair de délice qu'il n'appartient qu'à l'amour de sentir; elle l'a connue, cette jouissance délicieuse et unique, rare et divine comme le sentiment qui l'a créée: son âme confondue dans celle de son amant, nage dans un torrent de volupté; il fallait mourir alors, mais Claire était coupable, et la punition l'attendait au réveil. Qu'il fut terrible! quel gouffre il présenta à celle qui vient de rêver le ciel! Elle a violé la foi conjugale! Elle a souillé le lit de son époux! La noble Claire n'est plus qu'une infâme adultère! Des années d'une vertu sans tache, des mois de combats et de victoires sont effacés par ce seul instant! Elle le voit, et n'a plus de larmes pour son malheur; le sentiment de son crime l'a dénaturée; ce n'est plus cette femme douce et

148

tendre dont l'accent pénétrant maîtrisait l'âme des êtres sensibles, et en créait une aux indifférents; c'est une femme égarée, furieuse, qui ne peut se cacher sa perfidie, et qui ne peut la supporter. Elle s'éloigne de Frédéric avec horreur, et élevant ses mains tremblantes vers le ciel: «Eternelle justice! s'écrie-t-elle, s'il te reste quelque pitié pour la vile créature qui ose t'implorer encore, punis le lâche artisan de mon malheur; qu'errant, isolé dans le monde, il y soit toujours poursuivi par l'ignominie de Claire et les cris de son bienfaiteur. Et toi, homme perfide et cruel, contemple ta victime, mais écoute les derniers cris de son cœur; il te hait ce cœur plus encore qu'il ne t'a aimé; ton approche le fait frémir, et ta vue est son plus grand supplice; éloigne-toi, va, ne me souille plus de tes indignes regards.» Frédéric, embrasé d'amour et dévoré de remords, veut fléchir son amante: prosterné à ses pieds, il l'implore, la conjure, elle n'écoute rien; le crime a anéanti l'amour, et la voix de Frédéric ne va plus à son cœur. Il fait un mouvement pour se rapprocher d'elle; effrayée, elle s'élance auprès de l'autel divin, et l'entourant de ses bras, elle dit: «Ta main sacrilége osera-t-elle m'atteindre jusqu'ici? Si ton âme basse et rampante n'a pas craint de profaner tout ce qu'il y a de saint sur la terre, respecte au moins le ciel, et que ton impiété ne vienne pas m'outrager jusque dans ce dernier asile. C'est ici, ajouta-t-elle dans un transport prophétique, que je jure que cet instant où je te vois est le dernier où mes yeux s'ouvriront sur toi ; si tu demeures encore, je saurai trouver une mort prompte, et que le ciel m'anéantisse à l'instant où tu oserais reparaître devant moi.»

Frédéric, terrassé par cette horrible imprécation, et frémissant que le moindre délai n'assassine son amante, s'éloigne avec impétuosité. Mais à peine est-il hors de sa vue qu'il s'arrête ; il ne peut sortir du bois épais qui les couvre sans l'avoir entendue encore une fois, et élevant la voix, il s'écrie : «O toi que je ne dois plus revoir ! toi qui d'accord avec le ciel viens de maudire l'infortuné qui t'adorait ! toi qui pour prix d'un amour sans exemple, le condamnes à un exil eternel ! toi enfin dont la haine l'a proscrit de la surface du monde, ô Claire ! avant que l'immensité nous sépare à jamais, avant que le néant soit entre nous deux, que j'entende encore ton accent, et au nom du tourment que j'endure, que ce soit un accent de pitié !...» Il se tait, il ne respire pas, il étouffe les horribles battements de son cœur pour mieux écouter, il attend la voix de Claire... Enfin, ces mots faibles, tremblants, et qui percent à peine le repos universel de la nature, viennent frapper ses oreilles et calmer ses sens : *Va, malheureux, je te pardonne.*

L'indignation avait ranimé les forces de Claire, l'attendrissement les anéantit ; subjuguée par l'ascendant de Frédéric, à l'instant où en lui pardonnant, elle sentit qu'elle l'aimait encore, elle tomba sans mouvement sur les degrés de l'autel.

Cependant M. d'Albe, qui n'avait point reçu la lettre d'Elise, et qui était sorti pour quelques heures, apprend à son retour que Frédéric a paru dans la maison; il frémit, et demande sa femme; on lui dit qu'elle est allée, selon son usage, se recueillir près du tombeau de son père. Il dirige ses pas de ce côté; la lune éclairait faible-ment les objets, il appelle Claire, elle ne répond point; sa première idée est qu'elle a fui avec Frédéric; la seconde, plus juste mais plus terrible encore, est qu'elle a cessé d'exister. Il se hâte d'arriver; enfin, à la lueur des rayons argentés qui percent à travers les tremblants peupliers, il aperçoit un objet... une robe blanche... il approche... c'est Claire étendue sur le marbre et aussi froide que lui. A cette vue il jette des cris perçants; ses gens l'entendent et accourent. Ah! comment peindre la consternation universelle! Cette femme céleste n'est plus, cette maîtresse adorée, cet ange de bienfaisance n'est plus qu'une froide poussière! La désolation s'empare de tous les cœurs: cependant un mouvement a ranimé l'es-pérance; on se hâte, on la transporte, les secours volent de tous côtés. La nuit entière se passe dans l'incerti-tude; mais le lendemain une ombre de chaleur renaît, et ses yeux se rouvrent au jour, au moment même où Elise arrivait auprès d'elle.

Cette tendre amie avait suivi sa lettre de près mais sa lettre n'était point arrivée. Un mot de M. d'Albe l'instruit de tout, elle entre éperdue. Claire ne la méconnaît point, elle lui tend les bras; Elise se précipite, Claire la presse sur son cœur déjà atteint des glaces de la mort. Elle veut que l'amitié la ranime et lui rende la force d'exprimer ses dernières volontés: son œil mourant cherche son époux; sa voix éteinte l'appelle, elle prend sa main, et l'unissant à celle de son amie, elle les regarde tous deux avec tristesse et dit: «Le ciel n'a pas voulu que je meure innocente, l'infortunée que vous voyez devant vous s'est couverte du dernier opprobre; mes sens égarés m'ont trahie, et un ingrat abusant de ma faiblesse, a brisé les nœuds sacrés qui m'attachaient à mon époux. Je ne demande point d'indulgence; ni lui, ni moi n'avons droit d'y prétendre; il est des crimes que la passion n'excuse pas, et que le pardon ne peut atteindre.» Elle se tait; en l'écoutant, l'âme d'Elise se ferme à toute espérance, elle est sûre que son amie ne survivra pas à sa honte.

M. d'Albe consterné de ce qu'il entend, ne repousse pas néanmoins la main qui l'a trahi. «Claire, lui dit-il, votre faute est grande sans doute, mais il vous reste encore assez de vertus pour faire mon bonheur, et le seul tort que je ne vous pardonne pas est de souhaiter une mort qui me laisserait seul au monde.» A ces mots, sa femme lève sur lui un œil attendri et reconnaissant:

«Cher et respectable ami, lui dit-elle, croyez que c'est pour vous seul que je voudrais vivre, et que mourir indigne de vous est ce qui rend ma dernière heure si amère. Mais je sens que mes forces diminuent, éloignez-vous l'un et l'autre, j'ai besoin de me recueillir quelques moments, afin de vous parler encore.»

Elise ferme doucement le rideau et ne profère pas une parole; elle n'a rien à dire, rien à demander, rien à attendre: l'aveu de son amie lui a appris que tout était fini, que l'arrêt du sort était irrévocable, et que Claire était perdue pour elle.

M. d'Albe, qui la connaît moins, s'agite et se tourmente: plus heureux qu'Elise, il craint, car il espère; il s'étonne de la tranquillité de celle-ci, sa muette consternation lui paraît de la froideur, il le dit et s'en irrite. Elise sans s'émouvoir de sa colère, se lève doucement, et l'entraînant hors de la chambre: «Au nom de Dieu! lui dit-elle, ne troublez pas la solemnité de ces moments par de vains secours qui ne la sauveront point, et calmez un emportement qui peut rompre le dernier fil qui la retient à la vie. Craignez qu'elle ne s'éteigne avant de nous avoir parlé de ses enfants; sans doute son dernier vœu sera pour eux; tel qu'il soit, fût-il de lui survivre, je jure de le remplir. Quant à son existence terrestre, elle est finie; du moment que Claire fut coupable, elle a dû renoncer au jour; je l'aime trop pour vouloir qu'elle vive, et je la

153

connais trop pour l'espérer.» L'air imposant et assuré dont Elise accompagna ces mots fut un coup de foudre pour M. d'Albe; il lui apprit que sa femme était morte.

Elise se rapprocha du lit de son amie: assise à son chevet, toujours immobile et silencieuse, il semblait qu'elle attendît le dernier souffle de Claire pour exhaler le sien.

Au bout de quelques heures, Claire étendit la main, et prenant celle d'Elise: «Je sens que je m'éteins, dit-elle, il faut me hâter de parler; fais sortir tout le monde, et que M. d'Albe reste seul avec toi.» Elise fait un signe; chacun se retire. Le malheureux époux s'avance, sans avoir le courage de jeter les yeux sur celle qu'il va perdre; il se reproche intérieurement d'avoir peut-être causé sa mort en la trompant. Claire devine son repentir, et croit que son amie le partage; elle se hâte de les rassurer. «Ne vous reprochez point, leur dit-elle, de m'avoir déguisé la vérité; votre motif fut bon, et ce moyen pouvait seul réussir; sans doute il m'eût guérie, si l'effrayante fatalité qui me poursuit n'eût renversé tous vos projets.» Elise ne répond rien, elle sait que Claire ne dit cela que pour calmer leur conscience agitée, et elle ne se justifie pas d'un tort qui retomberait en entier sur M. d'Albe: mais celui-ci s'accuse, il rend à Elise la justice qui lui est due, en apprenant à Claire qu'elle n'a cédé qu'à sa volonté. Elle est dédommagée de sa droiture; un léger serrement de main que

M. d'Albe n'aperçoit pas, la récompense sans le punir. Claire reprend la parole. «O mon ami! dit-elle en regardant tendrement son mari, nul n'est ici coupable que moi; vous qui n'eûtes jamais de pensées que pour mon bonheur, et que j'offensai avec tant d'ingratitude, est-ce à vous repentir?» M. d'Albe prend la main de sa femme et la couvre de larmes; elle continue: «Ne pleurez point, mon ami, ce n'est pas à présent que vous me perdez; mais quand par une honteuse faiblesse j'autorisai l'amour de Frédéric; quand par un raisonnement spécieux je manquai de confiance en vous pour la première fois de ma vie, ce fut alors que cessant d'être moi-même, je cessai d'exister pour vous; dès l'instant où je m'écartai de mes principes, les anneaux sacrés qui les liaient ensemble se brisèrent, et me laissèrent sans appui dans le vague de l'incertitude; alors la séduction s'empara de moi, fascina mes yeux, obscurcit le sacré flambeau de la vertu, et s'insinua dans tous mes sens; au lieu de m'arracher à l'attrait qui m'entraînait, je l'excusai, et dès lors la chute devint inévitable. O toi, mon Elise! continua-t-elle avec un accent plus élevé, toi qui vas devenir la mère de mes enfants, je ne te recommande point mon fils, il aura les exemples de son père; mais veille sur ma Laure, que son intérêt l'emporte sur ton amitié. Si quelques vertus honorèrent ma vie, dis-lui que ma faute les effaça toutes; en lui racontant la cause de ma mort, garde-toi bien de l'excuser, car dès lors tu l'intéresserais à mon crime : qu'elle sache que ce qui m'a perdue, est d'avoir coloré le vice des charmes de la vertu ; dis-lui bien que celui qui la déguise est plus coupable encore que celui qui la méconnaît ; car en la faisant servir de voile à son hideux ennemi, on nous trompe, on nous égare, et on nous approche de lui quand nous croyons n'aimer qu'elle... Enfin, Elise, ajouta-t-elle en s'affaiblissant, répète souvent à ma Laure que si une main courageuse et sévère avait dépouillé le prestige dont j'entourais mon amour, et qu'on n'eût pas craint de me dire que celle qui compose avec l'honneur l'a déjà perdu, et que jamais il n'y eut de nobles effets d'une cause vicieuse, alors sans doute j'eusse foulé aux pieds le sentiment dont j'expire aujourd'hui... » Ici Claire fut forcée de s'interrompre, en vain elle voulut achever sa pensée, ses idées se troublèrent, et sa langue glacée ne put articuler que des mots entrecoupés... Au bout de quelques instants, elle demanda la bénédiction de son époux ; en la recevant, un éclair de joie ranima ses yeux. « A présent je meurs en paix, dit-elle, je peux paraître devant Dieu... Je vous offensai plus que lui, il ne sera pas plus sévère que vous. » Alors, jetant sur lui un dernier regard, et serrant la main de son amie, elle prononça le nom de Frédéric, soupira et mourut.

Quelques jours après, M. d'Albe reçut ce billet écrit par Elise et dicté par Claire.

Claire à M. d'Albe

Je ne veux point faire rougir mon époux, en prononçant devant lui un nom qu'il déteste peut-être; mais pourra-t-il oublier que cet infortuné voulait fuir cet asile et que mon ordre seul l'y a retenu; que, dans notre situation mutuelle, ses devoirs étant moindres, ses torts le sont aussi, et que mon amour fut un crime quand le sien n'é-tait qu'une faiblesse. Il est errant sur la terre, il a vos malheurs à se reprocher, il croira avoir causé ma mort, et son cœur est né pour aimer la vertu. O mon époux! mon digne époux! la pitié ne vous dit-elle rien pour lui, et n'obtiendra-t-il pas une miséricorde que vous ne m'avez pas refusée?

Pour remplir les dernières volontés de sa femme, M. d'Albe s'informa de Frédéric dans tous les environs, il fit faire les perquisitions les plus exactes dans le lieu de sa naissance; tout fut inutile; ses recherches furent infructueuses; jamais on n'a pu découvrir où il avait traîné sa déplorable existence, ni quand il l'avait terminée. Jamais nul être vivant n'a su ce qu'il était devenu; on dit seulement qu'aux funérailles de Claire un homme inconnu, enveloppé d'une épaisse redingote, et couvert d'un large chapeau, avait suivi le convoi dans un profond silence; qu'au moment où l'on avait posé le cercueil dans la terre, il avait tressailli, et s'était prosterné la face dans la poussière, et qu'aussitôt que la fosse avait été comblée, il s'était enfui impétueusement en s'écriant: «A présent je suis libre, tu n'y seras pas longtemps seule!»

Modern Language Association of America
Texts and Translations

Texts

Anna Banti. *"La signorina" e altri racconti.* Ed. and introd. Carol Lazzaro-Weis. 2001.

Adolphe Belot. *Mademoiselle Giraud, ma femme.* Ed. and introd. Christopher Rivers. 2002.

Dovid Bergelson. *Opgang.* Ed. and introd. Joseph Sherman. 1999.

Isabelle de Charrière. *Lettres de Mistriss Henley publiées par son amie.* Ed. Joan Hinde Stewart and Philip Stewart. 1993.

Sophie Cottin. *Claire d'Albe.* Ed. and introd. Margaret Cohen. 2002.

Claire de Duras. *Ourika.* Ed. Joan DeJean. Introd. Joan DeJean and Margaret Waller. 1994.

Françoise de Graffigny. *Lettres d'une Péruvienne.* Introd. Joan DeJean and Nancy K. Miller. 1993.

Sofya Kovalevskaya. *Nigilistka.* Ed. and introd. Natasha Kolchevska. 2001.

Thérèse Kuoh-Moukoury. *Rencontres essentielles.* Introd. Cheryl Toman. 2002.

Emilia Pardo Bazán. *"El encaje roto" y otros cuentos.* Ed. and introd. Joyce Tolliver. 1996.

Marie Riccoboni. *Histoire d'Ernestine.* Ed. Joan Hinde Stewart and Philip Stewart. 1998.

Eleonore Thon. *Adelheit von Rastenberg.* Ed. and introd. Karin A. Wurst. 1996.

Translations

Anna Banti. *"The Signorina" and Other Stories.* Trans. Martha King and Carol Lazzaro-Weis. 2001.

Adolphe Belot. *Mademoiselle Giraud, My Wife.* Trans. Christopher Rivers. 2002.

Dovid Bergelson. *Descent.* Trans. Joseph Sherman. 1999.

Isabelle de Charrière. *Letters of Mistress Henley Published by Her Friend.* Trans. Philip Stewart and Jean Vaché. 1993.

Sophie Cottin. *Claire d'Albe.* Trans. Margaret Cohen. 2002.

Claire de Duras. *Ourika.* Trans. John Fowles. 1994.

Françoise de Graffigny. *Letters from a Peruvian Woman*. Trans. David Kornacker. 1993.

Sofya Kovalevskaya. *Nihilist Girl*. Trans. Natasha Kolchevska with Mary Zirin. 2001.

Thérèse Kuoh-Moukoury. *Essential Encounters*. Trans. Cheryl Toman. 2002.

Emilia Pardo Bazán. *"Torn Lace" and Other Stories*. Trans. María Cristina Urruela. 1996.

Marie Riccoboni. *The Story of Ernestine*. Trans. Joan Hinde Stewart and Philip Stewart. 1998.

Eleonore Thon. *Adelheit von Rastenberg*. Trans. George F. Peters. 1996.